青 铜 绪 事

郑州阅读

Zhengzhou Reading

齐岸青 主编

河南文艺出版社
·郑州·

序

主编｜齐岸青

写郑州是一个蓄谋已久的事情，但大体上也没有跳出编述史料的窠臼，便久久搁置。

如今策划中的书有了这样的构思，想去因人及物，由物至人，以随笔杂记的形式，记录与郑州这片土地有感情羁绊和生活经历的人物，形象描述郑州城市的前世今生和个体人生况味。

书是一个系列，由《郑州阅读》《郑州拾遗》《郑州描绘》《郑州面孔》《郑州光影》《郑州吟唱》《郑州街巷》《郑州姿态》《郑州味道》……或者其他等等构成，凡此种种由众人慢慢写来日常故事，不知道终究会是什么模样，也不知道什么时候完成，但它是一本可以事先张扬随你更迭的书，每个与郑州城市的相关者，都可能成为写作者或者受访人，你愿意，就可以带着你的故事来找我，也许我会跟着你走。

"见书见人，喝茶聊天"，这是王澄在书院的留言。

这套系列书最初起的名字叫"青铜时代"，也是想让它和郑州这座商代王都之城贴切。向来喜欢飘逸的张宇说，"时代"两字用得不好，太重，而且有专指历史之嫌，不如"青铜叙事"。王澄说，"叙"不如"绪"，绪字通叙，更有开端引领的诸多泛义。

那就叫"青铜绪事"吧，事情这样愉快地决定后，我们就有理由去小酌几杯了。

目 录

引子

主编｜齐岸青

在我有限的人生经验和狭隘的认知里，总是很难以为郑州是个阅读的城市。郑州的街巷烟火给人印象显得散漫和疏躁，有时候甚至于透出些许粗粝。年少时每逢遇到下雨的日子，总会望着烟雨蒙蒙的窗外法桐树发呆，我小时候生活的街区是被它浓浓的绿荫遮蔽的，我知道一个女孩子把一棵树当成她的男朋友，她会时常走到那里跟它对话。那时候我总想象法桐树后，尤其是在黄昏雨后，街角或院落深处会有一盏始终为书亮着的窗灯，窗帘灯烛后面摇曳着掩卷的身影，这种旖旎的梦幻恰也碎在少年。我们这代人赶上了焚书禁书的荒唐年月，很长时间，阅读不仅是奢侈的而且还会是危险的。但我们这一代人又是幸运的，青春时节又撞上色彩斑斓的20世纪80年代，书籍和思考是生活的荷尔蒙。

书是我们心中的树，尽管有时会有风雨，但它一直在那里。

个人的阅读与生活年代交指相扣，是我们读书岁月的特征。

郑州城市的阅读，永远不会像我期待的那样表现出细腻温润的情节，这是一个厚重博大的城市，喜欢在遥远的历史深处构架故事，"书生本色"在这个城市的日常话语体系里，谈不上会受到鄙薄，但也多少会有揶揄的味道。可是，你不能因此说郑州不是一个阅读的城市，读书的姿态在郑州，如同这方土地辽阔深厚的模样，要么是以风卷黄沙的气概飞扬，要么如同城市边际的大河用内敛含蓄的方式流淌。

2022年，疫情肆虐，经济休止，中国一百个大中城市的阅读榜单数据排名里，郑州却悄悄把自己的位序从第二十三前移到十三。在我们这个城市里始终有许多人把读书和自己的生命融合在一起，把历史和当下的经纬编织在一起，用今天的光烛探幽过往的背影，又从以往的步履听到今天的足音，是这种样式一直在构架城市的阅读姿态。

《郑州阅读》就是对这种姿态的一纸速写。

郑州城市历史的零公里是从商汤王建立亳都开始的，三千六百多年来没有离开这个中心，阅读大概也是从那时候开始的。国人对汉字的认识多是来源于商晚期殷墟的甲骨文，甲骨文字闪亮登场时，已经是功能完备、成熟发达的文字符号体系了。常识告诉我们，任何成熟的东西都会经历幼稚的生长过程，何况文字的演变，更会有漫长岁月的镌刻，考古学指向，它的起源点应该在郑州。

1953年，在郑州商城二里岗曾发掘出土了两片疑似刻有文字的动物骨骼，是文字线索溯源的拷问。当年释读出其上的十一个字："乙丑贞从受……七月又乇土羊"。但由于物证数量少，出土地层单位不清晰，骨辞的年代归属和是否属于文字的争议较大。孤例也难以为证，文字定性当时被搁置下来。

20世纪90年代，郑州市西北小双桥遗址，又发现早于殷墟甲骨文和青铜器铭文的朱书文字，使得我们重新去认识二里岗牛肋骨上"甲骨文"的价值。

小双桥目前发现的朱书陶文和刻画陶文，主要出土于宫殿建筑附近祭祀坑里的陶器上，表明文字与祭祀活动关系密切。朱书陶文书写上使用了朱砂并可能掺入了黏合剂，因此保存完好，字迹较清晰。文字类别丰富，包括数字、象形符文字、短语等。尤其是象形字特点突出，如帚、匕、旬、天、东等。小双桥遗址为郑州商汤立都历经十世之后，仲丁迁隞之都。王都兴衰更迭的路径即是文字演化过程，小双桥遗址的朱书陶文与郑州商城前后相袭，又和其后殷墟出土陶器上的刻画文字一致，为辨识史前文字提供了线索，也为后世文字话语体系成熟奠立基础，开始了中国文字的典册规范。

1991年，新密黄寨遗址又发现二里头文化的卜骨契刻符号，它和二里岗以及殷墟的牛骨刻辞，在卜骨材质、施灼、契刻象形文字特征上具有承继性，初步推测其中一字为会意，是表达设置机关捕兽。另一字，上部从目，下部从又（手），与相类构字要素的商代卜辞排列，似乎与凸显目、止的"夏"字形成联系。倘若如此，不仅将文字之源前推，也让我们苦苦寻找的中华之"夏"字更添实锤。

在郑州生活，你不去抖落这些历史的袋子还真的不可以，这么讲，郑州关于阅读的过往还真的是辽远。也许是因为早期文字的滋养，郑州除产生《诗经》《列子》这样瑰丽篇章和显赫的嵩阳书院之外，还有过伊尹、子产、潘安、杜甫、刘禹锡、司马光等等文人骚客，文化脉流如同大河之水滔滔不绝。直到大宋南迁，明清以降，文化的故事才渐以衰微。但郑州并未放弃自己的文化表达，明崇祯年间，知州鲁世任在郑州创立天中书院，算是低调为城市挽回一丝尊严。尔后，天中书院几经兴废，光绪年间，郑州知州王成德主持了已经更新为东里书院的复建工作，跟随他的一个书生徐世昌，从这里走出去，于光绪十二年（1886）中进士，后来入北洋，再后来当过民国的大总统。光绪末年，郑州北郊刘庄有个书生刘瑞璘，多年仕途后还乡。他于民国五年（1916）重修《郑州志》十八卷，并创办了郑州第一张报纸《郑州日报》。郑州这块土地上，就是这样始终有人走出去，又有人走回来，使得城市文脉未绝，始终坚韧地为这个城市文化血脉点燃、赓续香火。尽管书院旧址今天难寻，但"书院街"的地名还能讲述消逝的故事。

日子走到1956年，郑州市西北东赵村，一个叫作李伯谦的青年走出了村间的小路，行囊里北京大学历史系的通知书告诉他，此行甚远。可背负着母亲缝衲的布衣，又牵出昨夜"临行密密缝，意恐迟迟归"的线绪，他又知道自己永远不会走远……

李金华 摄

李伯谦：行走的阅读者

文｜齐岸青

李伯谦　1937年生于河南郑州。考古学家。历任北京大学考古系主任、北京大学考古文博学院院长兼赛克勒考古与艺术博物馆馆长等。参加和主持了河南偃师二里头、安阳小屯殷墟、山西曲沃晋侯墓地等多处遗址的发掘，为国家"夏商周断代工程"项目首席科学家、专家组副组长，主持国家"十五"科技攻关重大项目"中华文明探源工程预研究"课题。出版专著《中国青铜文化结构体系研究》《商文化论集》《从古国到王国——中国早期文明历程散论》《感悟考古》等多部，主编《中国出土青铜器全集》（二十卷）。

六十多年后，李伯谦先生在给我讲述他去北京大学念书的故事时，曾给我勾勒过这样的场景：

当东赵村的灰瓦土屋、辘轳井、古槐树渐成远影，李伯谦第一次踏上绿皮火车时，眼前的一切都充满生动和新鲜。这个容貌有着羞涩感、内心却充盈着欢畅的年轻人捧书阅读，尽管狭促拥挤的车厢里，不停来往的旅客会打扰他的姿态，但窗外是辽远的田野和天空，风和日丽，自由飞翔的鸟儿牵出他的面容微笑和内心歌唱。

场景有些想象的成分，但至少我知道这是那年月通常的画风。

李伯谦的青春岁月恰逢共和国炽热梦幻的年代，他的少年之时未能跳出大多数青年的样式，做的是文学梦。读尽"红楼"，阅遍浪漫，上学时天天抱着小说，没事儿就写点煽情的小文字，人生目标就是成为一名作家。1956年从荥阳高中毕业高考，报的是北京大学中文系，却被历史系录取了。

走入北京大学的第一年，他拼命地阅读典籍文献、历史通论、考古常识，发现"历史和文学一样，都是迷人的"。尽管李伯谦说起他最终选择考古专业，只是受了老师说"学考古可以游历山水"的诱惑，在我看来，文学只是他的气质和姿态，他其实就是为考古而生的。李伯谦这一代考古人仿佛就是从泥土中长出来的，生活指定他们去把自己的命运无怨无悔地交付考古。

李伯谦是幸运的，他考古专业的老师可谓名师林立。教先秦史的老师是张政烺老师，早年因其在古籍文献的渊博学养，为胡适赏识，1936年北大毕业，便让他到中央研究院历史语言研究所工作。思想史的一代宗师杨向奎说过："在中国，听过张政烺的古文献课，别人的文献课就不用听了。"张政烺亦是藏书大家，晚年因医病筹措经费，此时已是北大考古系主任的李伯谦还争取补贴资金，购买他的部分藏书，这是师生多年后话。教历史的老师还有余逊，才华横溢，能将《汉书》全文熟背如流，是陈垣大师门下的"四翰林"之一，也曾为胡适的秘书。另有我国宋辽金史的一代宗师邓广铭，他也是胡适的秘书，追随过傅斯年、陈寅恪。考古方面的老师是吕遵谔，是红山文化、大窑文化的首倡者，也是遗址考古的主持者。吕遵谔的老师、旧石器考古开山大师裴文中先生也是讲座教授。教新石器考古的是在仰韶文化占据异常重要地位的大师安志敏教授。商周考古的开拓者邹衡先生教授夏商周课程。战国秦汉考古的先生是苏秉琦，是对中国文明起源最早提出系统学说的人，后来是李伯谦最为亲近的师长。创建水下考古的俞伟超先生讲授考古地层学和考古类型学。教佛教考古的开创者宿白先生，主要教授宋元考古等，他也是北大考古系第一任主任。

李伯谦的师长几乎都是中国考古学的开创者，排列展开就是中国百年考古学史的画卷。导师们给李伯谦的人生带来了巨大影响，他独立而求真的学术精神一生未改，渊源于此。

李伯谦就读北大的时间，也是政治风云变幻的岁月，他在不安静的日子里用读书给自己寻找了平静，其实李伯谦并不是刻意回避时代的风雨，考古是他的生命，他的坚守也是自我呵护。所以无论岁月如何纷乱，李伯谦始终给自己的内心摆放一张安静的书桌。

1961年毕业分配时，恰逢国民经济困难时期，安排工作非常困难，当时李伯谦没有幻想，他跑到昌平的考古工地实习，等待分配。后来，苏秉琦慧眼识人，他幸运地留校任教。留校后的李伯谦基本状态是从事田野考古，其间在1970年代帮助山东大学、南京大学成立考古专业。直到80年代，他才回到北大的课堂，主教商周考古。

　　回到讲台上的李先生，后来成为北大考古文博院的院长。北京大学的考古专业于1922年成立，最初叫考古研究室，马衡先生为主任，后来由胡适先生兼任。1952年北京大学历史系成立考古专业，苏秉琦先生出任考古教研室主任。1983年，北京大学正式成立考古系，宿白先生出任第一任系主任，以后严文明先生接任。1992年，李伯谦当了系主任。李先生到任的时候，北大的学科很多都改成了学院，考古系弱小，一直提不上议事日程。李伯谦先生另辟蹊径，他在1998年与国家文物局签署合作办学协议，将北京大学考古学系扩办为北京大学考古文博院，又名"中国文物博物馆学院"，后来又颇费周折，才叫作考古文博学院，他在院长任上干到2000年。

　　还值得一提的是，在李伯谦任内，北京大学建立了赛克勒考古与艺术博物馆。这座由美国友人捐赠的馆舍建筑在曾是圆明园附园鸣鹤园的旧址之上，鸣鹤园曾经的主人是徐世昌，历史让两个从郑州走出来的人有些恍惚的交映。

　　北大自1922年开设考古专业，对田野考古重视的传统便随之严格建立，在北大考古系学习，其他科目若不过，都能补考，唯独田野考古不过关不能补考，要留级。

　　不过踏足田野考古工地仿佛是李伯谦的天赋异禀，我多次领略到先生见到探方便精神抖擞、兴奋异常的状态。

　　1957年，入学不久，尚未有考古调查发掘经验的李伯谦，暑假期间回到东赵，在村子里转悠时，已经不再是儿时顽皮的嬉戏了，而拿出了未来考古学者的模样。他在村里村外一晃就是一整天，到处扒拉拣了几块陶片，并为此写过一篇小文，自认为这里可能是一座商代大遗址。这应该算是李伯谦最早的自我考古实践和学术研究启蒙。可生活是一棵长满可能果实的树，青春的好奇、敏感和精力充沛让他充满想象，家乡的土地也给了李先生回报。2012年10月，北京大学考古文博学院与郑州市文物考古研究院，就在他当年捡拾陶片的地方，进行了大规模的考古发掘，发现了面积约一百万平方米的大、中、小三座城址，并确认了东赵遗址是夏商周完整连续的文化遗存。它和十多里之外的小双桥遗址构成了一个鲜活的夏商文明场景。2015年，东赵遗址入选年度全国十大考古新发现，同时获得中国考古学会田野考古一等奖。家乡的土地和李伯谦先生整个考古生涯融合成为一个画面。

李伯谦第一次专业考古实习，是1958年参与了周口店遗址的发掘工作。从那之后，他从没有停下野外考古的脚步。从北边的黑龙江肇源，到南边的广东揭阳、汕头，西至青海西宁，东至山东泗水。特别是青铜时代的重要遗址如河南偃师二里头、安阳殷墟、北京昌平雪山、房山琉璃河、江西清江吴城、湖北黄陂盘龙城、荆州荆南寺、山西曲沃天马-曲村晋文化遗址，更是先生的考古重地。如今，他依旧记得在田野间跋涉、满身汗水尘土却乐在其中的日日夜夜。考古是他深入骨髓的热爱，每一趟出发，每一回紧握手铲、埋首探方，都会让他由衷欢乐。田野悄悄地磨蚀岁月，也铸就了考古学家李伯谦。

没有更多的时间在学校教书的李伯谦，尽管失去了许多著书立说的时间，可长期田野考古的实践却给了他学术思想的坚实基础，他的人生之锤总敲在学术思想的节点上。

1974年，他在江西省吴城遗址带队发掘时，形成他的《论文化因素分析方法》一说，文化因素分析方法是以类型学研究为前提，核心是比较研究，即在对于考古学文化遗存详细分解的基础上，同其他文化进行比较，以了解考古遗存的文化因素性质、演变、源流、交流、区系类型等情况构成。文化因素分析方法的产生可以追溯到 1930年代，但最终成为考古学的一门方法论，应该是以俞伟超和李伯谦在1980年代对其进行总结而形成标志的，它和地层学、类型学一起构成中国考古学实践应用的三大方法。

中国以往有文献记载的"信史"仅于西周共和元年（前841）始，此前的历史年代没有一个公认的年表。1996年5月16日，旨在研究和排定中国夏商周时期的确切年代的"夏商周断代工程"启动，来自历史学、考古学、文献学、古文字学、历史地理学、天文学和测年技术学等领域的一百七十名科学家进行联合攻关，李伯谦任专家组副组长、首席科学家。2000年11月9日《夏商周年表》正式发布，断定夏代始年为公元前2070年，商代始年为公元前1600年，盘庚迁殷为公元前1300年，周代始年为公元前1046年。夏商文化从此由虚无缥缈的传说逐渐变成了清晰可见的历史真实。

"夏商周断代工程"结束之后，李伯谦先生又主持了为期三年的文明探源预研究，他将自己的研究视野投向了"原初的中国"，直抵文明源头去叩问。

中国五千年的文明史始于我们传说中的黄帝时期，它和史学中的五帝时代、考古学中的仰韶文化时期对应。黄帝究竟是信史还是传说？这是古代文献研究和现代考古实证的待解之谜。文字出现之前，世界区域的文明史几乎都是口碑神话传续，也许正是因为有了这些令人疑信参半的神奇传说，才使人类文化记忆瑰丽而神奇、丰富而精彩，李伯谦相信，它也是我们历史的真实存在。

两千多年前，司马迁撰写被后世尊为中国第一部信史的《太史公书》时，世间关于黄帝的事迹也是众说纷纭，莫衷一是。司马迁曾亲游各地，考察古迹，披阅文献，删减各种矛盾离奇的传闻，采用最可信的内容，给我们留下一个具有史实意义的人——黄帝。

在文明探源预研究中，李先生和他的朋友如同持灯者，穿越夏商王朝的历史隧道，探索中国文明的起源，努力给五千年的文明历史勾画图谱。这以后由王巍先生和赵辉先生领衔的中华文明探源工程，历经十几年艰辛探索，终成正果，揭示五千年文明史起承转合的清晰脉络。

尽管黄帝时代如椽之笔的宏大叙事，至今依旧给我们留下无数的谜团有待考证，但今天人们在疑惑、欣喜的交替往复中，依然能触碰到那些曾经真实的片段和体温。中国土地上关于黄帝的遗迹和传说已成为我们文化最为丰富的宝藏。黄帝时代开始了堪称"国家"的雏形岁月，承负了文明缔造者的责任，中华文明几乎都是循着黄帝的脚步前行，无论怎样解答这段历史，黄帝都是我们中华民族的伟大象征和符号，他的故事和形象是闪烁在中华大地上那段文明初创时期里最温暖的光泽。

如果缺失了这段令人充满想象的历史阶段，中华文明便不可能在短短的一千多年后，经尧舜禹、夏商周迅速走向成熟。更不可能在春秋战国时期，一个个脱胎于黄帝时代智慧核心的伟大思想横空出世、泽被千秋。以黄帝为代表的那个时代，是中华文明的源起，更是一段真实历史上演的传奇。

在对文明进程的阶段探考中，李先生和中国大多数考古学家基于对中国新石器时代、青铜时代乃至早期铁器时代的研究，基本认同中国文明和国家的起源、形成和发展的阶段，是苏秉琦提出的"古国—方国（王国）—帝国"三大阶段。

在研究中国文明演进过程时，李伯谦逐渐把他的重点放在研究文明演进的模式和路径上，李先生在他的《文明探源与三代考古论集》一书中，提出了中国古代文明演进的"两种模式"，文明形成的"十项判断标准"，文明进程的"三个阶段"等重要学术观点。

考古学上如何判断文明标准？李伯谦从大型聚落出现及分化，围沟和城墙等防御性设施，大型宗教礼仪活动中心和建筑，墓葬分化和特设，专业手工业作坊和仓储设施，武器和象征最高权力的权杖、仪仗等器物，文字及使用，异部族文化遗留，聚落统辖关系，聚落文化辐射等十个方面，提出自己的文明判断观点。

他更富有创见地提出了中国古代文明演进的"两种模式"，即"神权与王权"。李伯谦着重指出，距今五千三百年前后，仰韶文化、红山文化及良渚文化先后进入了高于部落之上的、稳定的、独立的"古国"时代。各地"古国"选择了不同的发展道路或演进模式。中原地区"仰韶古国"表现的是以军权和王权为基础的王权道路，"红山古国"则选择了神权道路，"良渚古国"选择的是由军权、王权和神权相结合并突出神权的道路。以神权为核心的演进模式是崇尚祭祀奢华、耗费社会财力"竭泽而渔"式的发展，后续发展动力显然不足；以世俗化的王权为核心的演进模式却是更务实、更加稳健，可持续发展的道路，具有较强且持久的发展动力。因此，原来繁荣的中心聚落萎缩下去，而相对落后的中原地区却慢慢发展起来，最终成为中华文明总进程的核心与引领者，形成华夏文明的根脉和主干。

关于夏商周断代、文明起源、仰韶文化分期和发展模式，是先生毕生的智慧和心血，他也因此在考古学史上写下自己的名字。

日月如梭，当年英气勃发的少年如今已是著作等身、桃李满天下的学者。几十年后，白发霜染的李伯谦先生又沿着当年走出去的路，回到他的故乡城市，无论说是叶落归根的情怀，还是人生归属宿命，他从这儿走出去，最后又回到这儿来。河洛的水流始终在这块土地上书写这样一个的人生轨迹。

回到家乡之前，李伯谦把他大部分的藏书做了整理，捐给了郑州文物考古研究院。心无物役，他把相伴几十年的书安顿了一个居所，也给自己寻到一个心灵回归之处。缘此，与他相濡以沫的夫人张玉范教授和宝贝女儿也把大部分生活时间馈赠与他。一生行走田野的李伯谦，及至晚年才和家人构筑了一个朝夕和煦相伴的空间。

先生对我说，我这以后啊，就只做两件事了，一个是河洛古国，一个是天中书院。

我清楚地知道，考古是他的执念，一种亲近的欢喜。这种欢喜，让他心无旁骛，思考也就如同恣肆汪洋的黄河，奔腾不羁。先生永远充满生命力。

双槐树遗址是河南也是黄河流域仰韶中晚期规模最大的中心聚落，其三重环壕布局，具有中轴线意义的大型宫殿式建筑、池苑、广场、瓮城和等级分明的墓葬都十分罕见。聚落具备了早期文明都邑的性质，它和郑州周边的汪沟、青台、西山、大河村等仰韶文化遗址构成了一个体系完整的古国形态。李先生反复征求考古学家意见，久经思索，打破考古学界用最小地所命名的常规，用"河洛古国"命名了这个仰韶文化的核心地域。我个人总以为这是神来之语，它让历史的时间和空间在这一刻交融定格，使得我们考古探寻变得和煦明朗，意味深长。

天中书院是城市历史深处的文化内蕴，先生倾注心血，希望它的重建给予古都更多斑斓的色彩。

先生的话语如丝，绵似细雨。这种岁月沉淀下来的安然与温和，是建立在他的精神富有和充实的位置之上的，你如果乐于享受，也就在他的场景之中了。

在编辑先生的文集时，我翻看了不少他的日记、书信、照片，他的这些日常生活中的文字、图片，让我更能直接触碰到先生的睿智、慈悲、温暖、情趣和率真，很多时候它比先生的学术文论更能打动我。

先生望着他这些刻画着岁月印记的版本，总是略显严肃地说，你要写我，不要只是赞扬，那些幼稚、谬误的事情都要如实去写！

一个人抵达崇高，是这岁月叠压之后的自省救赎，它能让人具有从容的纯粹真实。

不过回忆往事时，看见更多的总是先生的笑容。他总是含着微笑，自然亲切，这种善意是尘封的记忆之页，偶尔被翻动一下，也只是为了抹去灰尘。李先生开怀大笑时，又会让人动容，看似孩子般的天籁，这样的场景，你会有难以抑制的暖流在心中涌动，滚烫而熨帖。

李伯谦先生是一位走近便可以感受的人，他的微笑就是世间的箴言。

李伯谦是一位行走着的阅读者，你去认识他，也是阅读一本厚厚的书。

李伯谦先生回到郑州后，我一直在他和孙广举（孙荪）先生之间撺掇，让李先生和孙先生欢聚，我一直想象着，两个从容而智慧的灵魂相遇，该是如何鲜明生动的场景。可惜各种缘由至今未果。广举先生是河南文化界的标志人物，他的人生便是文坛历史组歌。我职业生涯中值得"炫耀"的一笔，便是协助广举创建了河南省文学院，他做院长，我做常务。我敬事的态度是你信任于我，我自去身心尽瘁。那些年，广举给我无理由的放任，我就活得"飞扬跋扈"，此情此景至今仍然是我们一起喝酒时的快乐回忆。广举先生这些年隐居雁鸣湖畔，因眼疾，著文之事渐少，书法行笔见多，以广举说辞是：如今是凡撰文后深觉精疲力竭，每行书时总感意犹未尽。朋友们说孙荪之书法是书家中最见文人底蕴者，文人里书艺凌绝顶者。我不懂书写之道，得意的是他多多写字，我去拿他笔墨时不必心怀惴惴。眼下更有人劝他再去作画，广举笑着摆手：不可，不可，人不可尽占风流。

自信谈笑之间，让人窥其少年心态。

组稿约写孙广举先生的时候，是有不少踊跃写者的，后来由冯杰执笔，冯杰先生文字果然有诗之气度，寻出孙荪之沧海横流底色。

广举兄未占之风流，是让冯杰领走的，人说冯杰是"左手书画，右手诗文"的文人画家，画家诗人，其诗文行吟深有绘画审美雅趣，绘画笔触颇有文人情思，二者相得益彰，使得冯杰成为文坛一个鲜活景观。

他的话题留待后叙。

——齐岸青

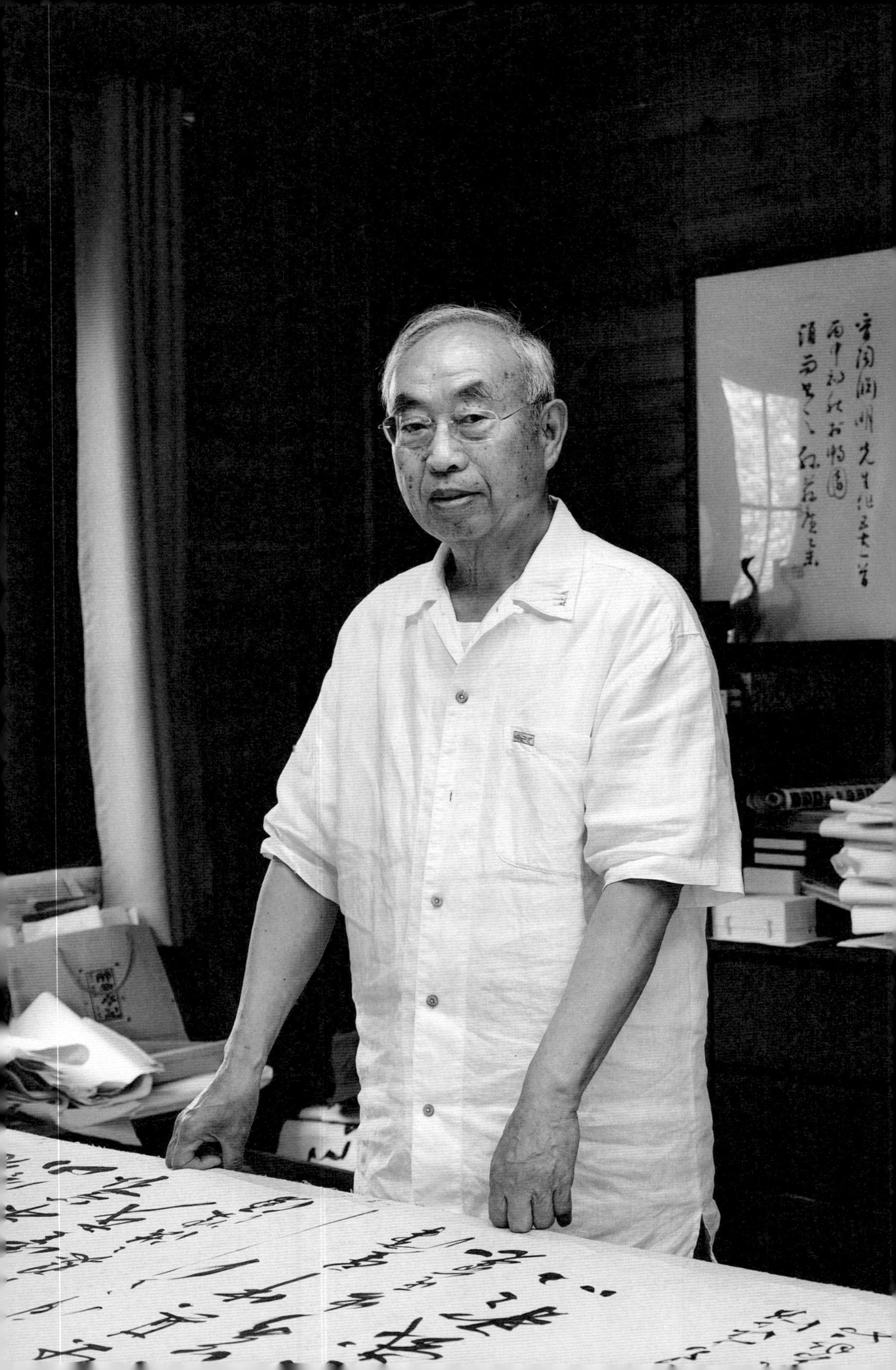

孙荪："资深读者"

文｜冯 杰

孙　荪　｜　原名孙广举，1943年生于河南永城。评论家。首任河南省文学院院长、河南省文艺评论家协会主席。著有评论集《让艺术的精灵腾飞》《风中之树》，散文集《生存的诗意》《鸟情》《瞬间解读》等多部。

孙荪先生是资深作家、评论家、学者，更是一位勤奋的"资深读者"。而阅读又"先于""大于"前三者，有了阅读，其他才有可能。几十年来，我们看到一位在中原学界执灯照书、瀚海探宝的形象。

有阅读才有著述。

仅以《中原文化大典》为例，这是一套被学术界叹为观止的皇皇巨著，是中原文化发展史上具有里程碑意义的集大成之作，在中原出版史上具有文化坐标意义。

这套大书力图总结概括三千年中原文化乃至中华文化，上起远古，下迄清末，分《总论》《学术思想典》《文学艺术典》《科学技术典》《民俗典》《教育典》《文物典》《人物典》《著述典》《大事记》十个分典，四万多张图片，两千多万字，五十六卷，向世人展示了广博宏富的中原文化全景；融翔实的历史资料和前沿学术成果于一体，具有内容的集成性和科学性，学术的权威性和经典性，是研究和了解中原文化乃至中华文化的重要工具书，成为在河南目前难以超越的文化典籍。

大典编纂前后用了十五年时间，省内外三百位学者参与，孙荪先生开始时出任文学艺术典六卷主编，后来出任大典执行总主编，前后将近十年时间，玉成此盛事。

孙荪先生深知总主编任务艰巨，自己的学养难以胜任，只有读书可以补救，但同时也意识到这是读书提升的难得机会。在编撰过程中研读或浏览了大量典籍。撰写了大典总序言后，孙荪先生说，现在称自己是中原学人，算是有点底气了。

广博阅读同时丰富了孙荪先生的著述，他说过，自己的创作与其读书都有不解之缘。仅从下面挑选的几项学术成果里，就可以粗略看出来：

1990年前后，他组织策划主编了"中国人的奥秘丛书"十种：《论中国人现象》《中国人的性爱与婚姻》《酒文化中的中国人》《中国武术与武林气质》《中国人的人生之道》《中国人的养生之道》《中国人的饮食奥秘》《中国人的处世艺术》《面子·人情·关系网》《神秘文化与中国人》，揭示和概括了中国人生存状态文化特征和心理密码。为加深认识文学是人学积累了更丰厚的学术背景。

1995年，他和另外两位同人主编"朋友丛书"，集中展示了十二位文学豫军当代散文创作成果。

1996年，他任执行总主编的十卷本《河南新文学大系》出版，汇集了1917年到1990年自五四新文化之后河南作家作品，兼顾风格、流派、社团的广泛性代表性，是具有当代意识、史家眼光与全景意识的文学集成。

他后来于20世纪末写成的长篇专论《文学豫军论》，则是孙荪先生长期阅读河南几代作家作品的理论总结。

2000年后，为了展示博大精深的中原文化，集中反映中原文学三千年历史和发展面貌，他主编《图说河南文学史》上下卷，并策划组织完成河南文学史大型展览，成为"立体和文字的珠联璧合"。

2002年，数易其稿的李準评传《风中之树——对一个杰出作家的探访》出版，通过全面阅读作家李準一生，把一位当代作家作为一种文学标本，借以描述、反思时代的文艺思潮和经验教训，对当代文学有着启发作用和借鉴意义。

孙荪先生并不是像自嘲说的一生"徒以读耳"（《聊斋志异》句），

他自己最喜欢书写庄子那一句："吾生也有涯，而知也无涯。"或如其另外的戏语："我生也有幸，有万卷书可读，有万里路可行。"让读书的境界别开生面。

他对古人所说"读万卷书，行万里路"做出自己的解读：两者都是读书，读万卷书是"读有字的人文之书"，行万里路是"读无字的天地之书"。

他是这么说也是这样做的。几十年里，他把行万里路作为阅读自然和与古人深度对话的好机会。多年来，他利用采风及探亲机会，两上长江，四上黄河，游珠江、松花江，观钱塘潮，冲浪北戴河，健登庐山、泰山、嵩山、太行山、伏牛山、大别山，远游新疆、内蒙古、云南乃至欧美日韩东南亚等地。凡是留下足迹的地方，几乎都留下文章。

20世纪90年代初，《人民日报》发表他写张家界的散文《相见恨晚》，文中抒写对山水自然生态的情怀，令人有耳目一新之感。20世纪末，他和另外两个作家考察黄河，撰稿中央电视台八集人文生态专题片《重读大黄河》。他自己尽管谦称是"书生之见"，实际较早地以生态伦理观念表达了系统阅读并实地考察黄河全流域的见闻感受，其中治理建言，现在看仍不乏超前中肯之论。

孙荪先生的阅读生涯，既有"畅读"也有"苦读"，既是"渐读"也是"顿读"。他常说，阅读要从"字缝里"去读书并加以受用，像歌德说过的"经验丰富的人，读书用两只眼睛，一只看到纸面上的话，另一只看到纸的背面"。他从外国名著阅读中，读到法国作家巴尔扎克的一句话，"偶然是世上最伟大的小说家：若要文思不竭，只要研究偶然就行"，深受启发，结合自己阅读几十部中外古今名著的体会，写下长篇论文《论偶然在创作中的作用》，对"偶然"在文学创作中的重要性、规律性进行阐释，此文获得了文坛和学界好评，让作家和评论家受益匪浅，如醍醐灌顶。

他把读书做到了"出走"和"返回"，返回读书是书斋里的读书写书，是"阅读内心"，出走的读书是"阅读造化"感受自然，从而达到"天、人、书"的合一。

孙荪先生曾书过一联"拥书权拜小诸侯，挥毫聊封大将军"，他说搬了多次家，自己最看重的则是书房，那是作家另一种栖息地，每到一处，书房扩张充实的是书：自己的书，朋友送的书，出版社的书，选购的书。也有遗憾，他说对于一个读书人，没有那么多时间去做读书之外的事情，时间总是不够用，在时间上自己永远是"穷人"。

读书伴随他的经历，无论青年时代负笈求学时阅读大量古今中外经典，还是后来戏称为中原"文化祭酒"的角色，找到了读书是进入文化最重要的桥梁，读书是人生最大的享受，才奠定日益丰厚的学术根基，印证了他说过的要想成为一个扎实的作者，首先要做一位优秀的读者。

七十岁以后因眼疾不能大量阅读，转而涉猎书法，依然当成另一种阅读。八十岁之前，先后有《孙荪墨迹风景》《秋高气爽——孙荪墨迹风景》《生态·心态——孙荪书百联集》问世。他最推崇苏东坡的"退笔成山未足珍，读书万卷始通神"，认为书法之秘正是其与阅读共生共长，字靠书养才能墨海畅游。只有读书才有如坐春风之快意，才可能体悟到孟子所说"充实之谓美，充实而有光辉之谓大"。

从孙荪先生的阅读生涯里，我感受到一位中原学人如何阅读人生、阅读自然的那种"博阅读""广阅读""大阅读"。

社会上把孙荪先生称为是集"学者、作者、书者"于一身，他更喜欢把自己定位成一位"尚博求专"的"资深读者"。

今年的世界读书日，孙荪先生家乡有个读书会邀请他讲读书经验。他以文代讲，写下《读书三题》："读书好，好读书，读好书。"道尽他几十年对读书的感悟。

他说，读书首先能使人"长本事"，同时"长精神"。

中华民族很早就提倡读书，如孔子、老子、孟子诸子先哲。

读书可分两种：一种是实用性的读书，为了完成学业、工作；二是为人的精神上的整体性的全面成长而读书。

中国古来就有"以文化国""以文安邦""文韬武略""文治武功"的理念，重视文化是中华民族可持续性发展的基本经验。就个体来说，又以"修身齐家治国平天下"作为人才培养的目标。读书上升为人类进步的基本方式，文明因文化而快进，文化因阅读而快进，一个人和一个民族也因阅读而全面成长发展。

要把读书变成一种快乐和爱好，像孔子说的"知之者不如好之者，好之者不如乐之者"。以自己为例，此生最大的收益也是读书，包括写书和编书，基础都来源于读书。

好书是精金美玉，可做导师，可为益友，可做教科书，可成警钟明镜。所以，读书一定要读好书。一本好书胜过一百次的空洞说教。

当今书很多，几乎令人目不暇接。有资料说当下每年仅长篇小说创作即近万部，各类书二十多万种，几乎让人目眩神迷。但平庸的书、坏书、滥书、粗劣的书也不少，所以孟子说，"尽信书不如无书"，选择读好书，至关重要。读书就是要锻炼见识，磨砺眼光，学会鉴别，选择那些有真知灼见，令人骨健神往的好书，读深读透，以至"书人合一"，书的养分成为自己的神经筋脉，甚至如同己出。当然，选择的能力是在阅读中练出来的，优胜劣汰，自然而然。

孙先生深有体会地说，读书恐怕还是世上最"笨"的一种活动，读书需要慢功夫、长功夫。由兴趣猎奇，到经典探求，由片面知识到系统学问，由爱好习惯到内在自觉要求，以至生命方式；由"要我读"到"我要读"，以至于不读不行，逐渐读到心里去，读出境界来。一旦境界出来，人生的各种理想也就发生并且可能实现。

总之，书是无价之宝，不分贵贱贫富，可自由取用，世上没有比读书更好的事情了。

人生在世，要成为一个完整丰富的人，就要加倍努力读书，读有字之书，读无字之书，读心灵之书，终生读书。

这篇写李红岩的文字其实是在写郑州图书馆的群体，因为体例所定，由人及物，李红岩也就成为这个团队的形象代称。

郑州图书馆七十年历程，几代人传承，有着无数令人感泣的故事，郑州图书馆生长的路上，2021年"7·20"暴风骤雨中毅然逆行的人群里，你能看到他们的身影，周树德、张惠民、张伟、李红岩、米海涛、牛伟、王海英……以及更多的年轻人，因为有着这样的传承，在那个灾难让城市猝不及防的暗夜里，他们才在瞬刻之间有着本能的行动，给无助的人打开大门，伸开双臂，点亮彻夜的灯。这一瞬间让我看到他们七十年文化坚守的背影，这是他们一生的至善至爱。我因职业生涯中曾经和他们有过交集，也就成为我心底的光荣。

都说图书馆是一个城市的会客厅，图书馆人是书的守护者，但是郑图人没有简单停在这个意义上，他们让图书馆成为这个城市温暖的家，他们在守护书的同时，也让自己成为历史的研究者、文化的传播者，让图书馆的存在具有更好更多的时代意义。

先琴的感觉奇妙，她把图书馆比喻为城市的眼睛，让她永远注视着我们的过去、现在和未来。

——齐岸青

李红岩：城市的眼睛

文｜刘先琴

李红岩 ｜ 1964年生于天津。郑州图书馆馆长，郑州图书馆学会理事长，国家公共文化服务体系建设专家库成员，河南省文化和旅游公共服务专家委员会委员。校点《汜乘》《顺治荥泽县志》《乾隆登封志》《民国郑县志》《儿女英雄传》等多部古籍，编撰《"天地之中"文化探源》《郑州图书馆古籍普查登记目录》《旧闻遗影》等多部著作。

电闪，雷鸣，天地间扯起无边的水幕，街道瞬间成为河流，波涛里漂浮着车辆杂物，混沌灰暗里，建筑物成了一座座岛屿的轮廓……有一幢建筑在这一刻打开了自己的门扇，风雨逆行返回的人迅速聚集起来，用隔板沙袋围起港湾，用网络甚至是声嘶力竭的呼喊，向所有在雨中漂泊的人张开臂膀……

于是，彻夜的灯光下，临时拼接起来的沙发、书桌座椅成为恐惧疲惫人的依偎，明亮的灯光照亮一张张书桌，茶杯中冒出的缕缕水汽，让翻开的书页格外温润，学生、环卫工人、卡车司机、下班路上的公务员……或围坐桌前，或倚靠沙发，安静享受阅读……

两年前那场突如其来的"7·20"特大暴雨，让这两幅对比强烈的画面，瞬间浏览过亿，成为传遍中原、影响全国、走向全球的定格记忆。天灾降临之际将生命庇护怀中的郑州图书馆，至此从静谧中走进了世人视野。

其实，位于郑东新区客文一街10号的郑州市图书馆大楼，从空中俯瞰，建筑设计呈现在顶层的，就是一双睁大的眼睛，他在东经112°42′—114°14′、北纬34°16′—34°58′的坐标上，日日夜夜用目光拥抱着一座城市。

八千年的回望

上千本古籍、工具书塞满铁皮书柜，书桌、沙发上也散放着摊开的书籍，客厅里几乎没有容身之处。李红岩却熟悉地走近墙边仅有的两只板凳上，作为馆长，今天她特意来请老馆员，更是她的老师张万钧去参加一个图书馆新分馆落成仪式。红岩习惯地坐下，伸手抽出书柜里的纸条，工整写下时间地点。接着用手势伴以大声说话，这种交流方式，他们持续了三十年。

1987年，二十四岁的李红岩刚刚离开部队。父亲是特等战斗英雄的她，高中毕业就参军从事通信工作，每天背诵上百个电话号码，熟记每位的声音和代号，经过简单联想法训练，她的逻辑思维、分类记忆，在退役到图书馆工作后优势凸显。到郑州大学进修图书馆业务，刚刚一个星期，阶段考试就得了八十六分，以后所有测试都在九十分以上，超过同班的专业学生。

天资聪颖，部队特殊岗位近乎苛刻的严格训练，使得原本可以选择医院、行政单位的她，坚定留在图书馆这个具有挑战性、却初试小有收获的岗位上。

"在这里工作必须有海量的知识"，这个最基本也是最正确的认知，让她这么多年拜张万钧为师。

全聋半哑的张万钧出身书香人家，爷爷从事考古，博览群书。张万钧四岁已识字数千，六岁学画，却不幸被战争的炮声震坏了双耳神经，说话也受到影响。于是大同路东头的郑州市图书馆，多了一个少年的身影，从打扫卫生的勤杂工，到注释的国学经典《龙文鞭影》两次出版，注解的《四字鉴略》列入中国文化启蒙丛书，梳理出版《河南地方志提要》、三年苦功编纂《郑州市图书馆古籍目录》，整理、创作《醒世姻缘传》《古今谭概》《客窗闲话》《幼学启蒙图书集》及长篇历史小说《赵匡胤》等著作近二十部，是郑州市图书馆内外皆知的"活字典"。张万钧身上那种不惧命运摆布的勇猛坚韧、江河奔腾般的旺盛精力，更深深影响了她的人生追求。

还有老馆长周树德、张惠民，都是她的榜样。

李红岩就是在这个时期展露出了过人的学习能力和领导才能。全市业务大练兵第一名，代表郑州市参加了全省公共图书馆业务竞赛，获得个人第二名。图书馆大搬家时，她将平时积累的"色彩分类法"运用其中，上百万册书籍竟然无一错乱……从基层的借阅岗位开始做起，又经历几年办公室主任岗位的磨砺，2007年李红岩走上馆长岗位。

文化是打造图书馆的核心因素，这个理念在做了决策人的李红岩心中更加坚定。彼时的郑州图书馆愈发是一座琳琅满目的富矿，这里有最早的城、最早的都和最早的国；有传统文化的起源"河图、洛书"和"易经"；当今人口排序在前一百的姓氏，有五分之四的祖根在这里；贾湖遗址的发现，将有文字的记录推向距今八千年……数千年的积淀用天地间最深沉的目光注视召唤，要把最美的作品呈现给城市。

她把文化学术研究也变成图书馆的业务构成，《"天地之中"文化溯源与成因分析——兼论其为华夏文化源头与地域文化核心》是李红岩带领大家做出的课题成果，成就了近年来郑州图书馆打造的"天中讲坛"。

这个郑州图书馆创新与社会公益机构合作模式的公益文化讲座，2015年开办就吸引了读者的目光。著名学人，王立群、二月河、王蒙、李伯谦、王巍、赵辉、陈星灿等等，先后在这个讲坛上谈古论今、传承文明，为广大市民搭建与各领域精英交流对话的桥梁。原省委书记徐光春，把他深耕河南总结的"一部河南史，半部中国史"文化精髓，第一时间在这个讲坛上阐述，一时引起轰动。普通民众喜爱的地方戏曲、民间艺术、非物质文化表演、传统中医药文化等，也通过学者讲述从文化层面加深了认知。在技术手段上，运用李红岩研发的智能图书定位系统V2.0、移动阅读微服务平台V1.0、智慧学习空间交互体验平台V1.0等计算机软件，采用视频同传技术实现馆内多屏互联、同步直播，扩大了受众面和关注度。

随着知名度和影响力不断扩大，"天中讲坛"倡导阅读、引领阅读的文化品牌效应取得初步成效。其"中原文化源"，将图书馆馆藏资源转化为可视化的互动内容，以图文、声像、动漫等形式立体展示包括河南"天地之中"、大运河、古都郑州、黄帝文化等在内的河南文化，利用人机交互技术实现读者自主控制地图即可了解相关地理位置的历史名胜、名人介绍、历史大事件等纪录；"中原贡院时空"，读者通过VR立体头盔及座椅可沉浸式体验中原贡院文化及历史场景；"中原文化状元郎"通过挖掘馆藏资源设置"文字对对碰""慧眼识贤游""说文解字"互动游戏程序，让读者在享受趣味性互动阅读的同时，感受中原文化的源远流长；"八斗高才生"通过整理馆内善本内容制作"经史子集"多媒体互动游戏程序，让读者在寓学于乐的过程中，了解国学知识，既传承弘扬了中华传统文化，又展示了郑州图书馆的馆藏品质；"四大发明"，是通过整理图书馆内图文内容而制作的多媒体互动程序，读者既可以通过观看影像、图文资料全面了解四大发明的制作过程和相关知识，又可以通过解读类触屏游戏亲自体验四大发明的每一个制作过程，在感受中华文明智慧光芒的同时，传承和弘扬中华优秀传统文化，提高民族自豪感。

2016年6月，"天中讲坛"成功申报第四批河南省公共文化服务体系示范项目。

讲坛效应充分吸引了民众对优秀传统文化的关注，郑州图书馆多年积淀的地方文献藏书特色凸显，除了实体整理，还进行了数字化，实现网上查询、阅览。自建了商都文化全景数据库，充分展示了馆藏地方文献。其中"特色资源"分为十四个部分：商都溯源、文物精粹、民俗风情、商都之旅、商都艺苑、少林文化、名人名家、商都文献、郑州映像、商都科技、郑州记忆、今日郑州、郑汴一体化、中原经济区建设。这些板块大多是围绕郑州展开的，这些信息来自工作人员对馆藏的特色地方文献的整理与总结，能够使读者更深层次地了解郑州，扩大了读者对地方文化信息的获取范围。

地方文献中有大量的传统典籍，对于大部分市民读者来讲晦涩难懂，图书馆就借助现代高科技手段，让馆藏精品"动"起来、"活"起来，让读者以全新方式体验阅读，感受河南本土文化。

"所有来到这里的求知者，都能一眼看见八千年的积淀，这是郑州的文化优势，更是郑州图书馆人的贡献。"著名文化学者孙荪先生这样评价。

让目光永远宽广明亮

2012年7月，美国加利福尼亚州，第七十七届国际图联（IFLA）大会，一位东方女性走上讲坛，她演讲中引起普遍共鸣的关于绿色建筑和读者服务理念，在中国河南省会的城市图书馆里，已经成为现实。

她就是李红岩。当时她已经担任了五年的图书馆长，这个现实，是她把理念变成实践的过程。

她认为，理念不是普通的观念，只有创新的产物，才能称为理念。如果将理念奉为圭臬，笃力践行，它就是信念。而理念创新的过程是一个自我否定、自我超越的过程，就是突破现有的工作方法和思维定式，树立新的观念，不墨守成规，不东施效颦，借鉴别人的成功经验，并结合实际情况，探索、创造具有鲜明个性的思想和方法的过程。

郑州新图书馆立项开工建成，就是信念的力量。

郑州地处黄河岸边，风沙、酷热、寒冷俱全，保障读者四季置身舒适的环境里，耗能是绕不开的问题。为此红岩带领团队，遍访国内同功能建筑，将经验教训一一列出，建设一个清洁优美、生态良性循环的图书馆环境具体方案基本形成——

大面积采用真空玻璃，降噪保温，对人的辐射接近零，新馆使用面积不少于一万六千平方米；地面用亚麻地板，易于打理，脚感舒适，耐磨抗菌；利用光电投影在玻璃幕墙上进行多媒体展示，代替使用传统宣传版面和电子大屏，不仅减少能耗和污染，还使读者在玻璃幕墙多媒体展示中身临其境地感受图书馆的广博，感受文化的魅力；铺装黏合材料和生产安装，全程专业监理，保证无污染发生……

真正落实并非易事，图书馆属于代建项目，建筑、管理、材料都不是一家说了算数，一趟趟请示汇报，一处处讲明利害。"问渠那得清如许，为有源头活水来"，正因为有了当年决策者和支持者的鼎力支持，才有了图书馆新馆的立项和建设。

红岩的随身工作笔记本扉页上，永远写着一段她引为座右铭的话，除了做人的要求，"做事要做'力所不能及'之事，做事要做'众口难调'之事，做事要做'有志者事不成'之事"。世间都是唾手可得的名利之事，还要李红岩干什么？郑图人团队的文化精神行事风格即是如此。

2013年8月，郑州图书馆新馆开始进行实验性验证，全年节电262.4万度，可节省电费约210万元。相当于节约标准煤920.9吨，减少二氧化碳排放2302.2吨，减少一氧化碳等气体排放64.46吨，减少悬浮物和灰渣排放161.15吨，有效地降低和节省了后期运营成本。

阅读体系的生态化，是郑州图书馆的又一创新，2013年开创的"郑州地区/跨地区公共图书馆服务联盟"，发展成员累计四百六十五个，再加上六十五家城市书房构建的郑州公共阅读生态体系，实现了文献资源的通借通还和数字资源的共建共享，将优质公共文化服务无差别地、公平均等地送到每位市民的手中，进一步推动了公共文化服务向基层社区延伸。

郑州图书馆的文化之光，照亮到更加广阔的空间。

凝聚起心灵之光

2021年7月20日那场水灾里，郑州图书馆多位普通馆员在没有接到任何指令情况下，主动从回家途中返回岗位，投入保护市民的行动中。常年与书为伴，守护无言的文字，练就的不仅仅是耐得住寂寞的劳作，而是一种心怀敬畏的精神自觉。从书海里走出来的人，关键时刻和日常形态中都能排列成守护人的方阵。

这个作风也是从郑州图书馆建馆开始。

在张万钧与周树德合写的《郑州市图书馆的建立与发展》中，我们看到图书馆成立之初的1953年，全馆只有六个人、三万册藏书的家底，在一个古旧书门市部，收购寻找到大量散落民间的藏书，其中列入善本的就有一千多册，元刻本的《韵府群玉》、明刻本的《春秋胡传》等国内孤本和罕见珍本都在其中；在张杜荣写的《我们的标兵张万钧》里，除了有这位身残志坚之人努力自学精通古今，掌握娴熟图书管理业务的事迹，有一个记录令人肃然起敬：馆藏的一部《郑州志》经常有人借阅参考，但由于印本质量差，字迹模糊，已经无法阅读。张万钧在两年里利用业余时间，参考其他书籍补充，将全书二十六万字无一错漏全部手抄出来。在周树德写的一份1988年的汇报里，各种工作罗列到二十五项，其中一项针对科技服务的，是馆里为此花几个月时间，到各县区调查研究，对他们需要的文献记录，生产项目逐一归类，建档一千一百三十七个；"图书馆的人好，真的，这一点时刻铭刻在我心中……同事之间相处是那样坦诚，那样团结友爱，在那种氛围下工作一点都不累"，大学毕业作为优等生直接在图书馆工作十五年的傅振刚真诚表达；"为了图书馆发展，我多途径、多渠道向上级主管部门寻求帮助，直言困难和诉求……每当看到图书馆的那座大楼，我就感慨万千"，已经退休的老馆长张惠民的辛劳一览无余……

《郑州图书馆的现状、问题与发展对策探讨》《建设特色馆藏文革资料数据库的尝试》《图书馆信息工作概述》《张调元及其〈京澳纂闻〉》……搜集出来的工作人员的各种论文题目，便可看到图书馆职员队伍的专业学习水平，馆内的学习氛围，与之对应的，还有省委宣传部、社科院、大学等单位借用郑州图书馆工作人员，整理编纂专门书籍、辅导讲课的记录……近年来，也有一些出版社和文化公益机构同郑州图书馆形成常态化合作，编纂整理《李伯谦文集》《大河文明比较研究》《东亚现代人起源》《郑州历史人文系列丛书》《嵩山文化研究》等等，一些优秀的年轻人在此情此景中成长。

郑州图书馆新馆在立项建设时，批复的还有一个名字就是"市民文化中心"，李红岩和她的团队深刻意识到，图书馆的意义和价值不仅仅是藏书和借阅的，新的时代要求他们更广泛地融入城市发展之中，更鲜活地为市民提供多样的服务，更深入地为文化创新建立基础。

七十年的守护，郑州图书馆人的风范已经融入一座城市的风景。每天清晨，与北龙湖涟漪一起涌起闪亮的，是图书馆周围的一片诵读之声。早起的读者在馆外长凳、连廊台阶、清净草坪席地而坐，高声练习语言，背诵经典；节假日，蜂拥而至的读者多达数万，赶早来排队等待入馆的人群可以绕图书馆一圈；为了满足需求，馆内经常延长服务时间，假日更是启动无闭馆模式，宽大落地玻璃窗上的灯光通宵不灭……"清晨朗诵""千人长龙""映月夜读"，成为中原名城最风雅的景观。

七十年的探索，图书馆已经成为追寻知识的精神家园，资深望重的专家学者工作室的设立，文化公益机构的合作入驻，学术课题研究的深入开展，书院人文传习的传播，公益捐赠活动的迭出不穷，学者专家咸集，市民大众共享，郑州图书馆的发展模式已经成为业界的示范。

大河东流，如意湖沉静如镜，也许，日复一日坐拥书香的人们，永远也看不见苍穹之下那双眼睛的模样，然而，她的目光却无所不及，与日月星辰一起，将天下照亮。

　　国强兄自己下笔去给人物绘画容易，可他人去写好马国强不容易，限定三千字左右的文字规模，实在无法尽写马国强纷繁斑斓的人生。原本我是欠马老一篇文字的，也怪那年我说，国强画女人，画一张是夫人（名讳），再画一张还是夫人（名讳）。后来国强兄因此赠我仕女八尺，专为打脸，但其女的眉眼里犹见夫人神韵。我便话风不改，倒是后来说好是要还上一篇文字呢，不想违约多年。这故事日后有些流传，成为似是而非的多解佳话，我有时心怀愧意，想他若再送我一幅斗方，我就另去遣词造句，国强兄倒不在意我的造次，一如烟火风云中自有姿态。

　　其实我多年前在给国强的画评中曾写过，"日常率直酣畅难觅文秀的马国强，笔毫一在女性体韵之中，便万种柔情似水，一点一笔皆成艳媚。女子个个都似秋月烟岚、冬阴霰雪，让人生些怜香惜玉之情……多有国强妙品，早已是藏家趋鹜"。国强笔下的女性早已是千姿百态、姹紫嫣红，和他笔下的那些老少爷们儿一起构成中国画人物长卷中的独特风景。

　　因此，国强也始终在画坛上常青长在，引领风骚。

　　李韬算得上鬼灵精，观物察人之言语时时击中要害，他在电脑上码字的功夫，如同他的书法一般，风格遒劲，由他写国强，甚是恰当。

——齐岸青

马国强：无为斋

文 | 李 韬

马国强 | 1952年生于河南驻马店。画家。曾任河南省文联主席、河南省美术家协会主席、中国中国画学会副会长。其作品多次入选全国美展并获奖，2011年在中国美术馆举办"生活，生活——马国强水墨人物画展"。曾获得中国艺术研究院颁发的"黄宾虹艺术奖"。出版个人画集多部。

年轻的时候，马国强为自己的书房兼画室命名曰"无为斋"。语出《道德经》："为学日益，为道日损。损之又损，以至于无为。无为而无不为。"年纪轻轻，正是高喊奋斗无悔、强国有我、追求有为的青春年华，以"无为"颜其斋，多少有点"为赋新词强说愁"的意味。白云苍狗，日催月促。书房画室不知搬了多少次，"无为斋"也"损之又损"，抛于脑后，搁置多年，以至于衰草连天，荒无人烟。

倒是退休之后，画画、打球、发抖音，三位一体，四大皆空，"无为而无不为"——真的名副其实了。

马街书会

上大学时，正是"文革"，学校的图书馆却一直开放，随时可以借书。马国强画累了，就到图书馆借本书调节、缓冲、遣兴。

新闻的从业经历让他充满了深远的人文关怀，人物化的个性表达又让他特别关注历史中的人物。

历史虽不忍细看，但他依然喜欢闲翻些历史人文方面的书籍，易中天的《中国通史》通读过一遍，岳南的《南渡北归》也精读一过。

他喜读史哲，海量吸纳，作为画画人出身的文化宣传单位的掌门人，读书使他在这些单位不致说白脖话、做掉底事、成露怯人。

有次我去拜访他，客厅茶几上放着他刚看了一半的《大明王朝的七张面孔》。聊起作者张宏杰和书中七个人物：从皇帝朱元璋到叛臣吴三桂和忠臣郑成功，他眼光毒辣，见解独到，鞭辟入里，思路清晰，完全不见他出席各种展览时的激情迸发和夸张表达。

一团火的马老，被书"冷却"。理性且富建设性。天天画画，不急；一天不画，心慌。三天不练，手生；闲读乱翻，透气。画画是个技术主义者，读书是个实用主义者。

因为"职业需要"，各类画册仍是"主菜"，但艺术理论、人文历史、社科文学等也都不是"配菜"，更不是"开胃小菜"，仍然当成"硬菜"来吃。

也正缘于此，马国强一直保持着对当下和现实的高度警惕和行动自觉。

时间是海绵里的水，只要去挤，总会有的。

后汉三国时期的魏国儒宗董遇读书有"三余"之说，即"冬者岁之余，夜者日之余，阴雨者时之余也"。"唐宋八大家"之一的欧阳修则提出了"三上"读书法，即马上、枕上、厕上。

马国强在任上，日常行政事务加上画画日课，读书的时间基本上与欧阳文忠公相像：车上放着一摞书，卫生间里放着一摞书，床头柜上放着一摞书。

三班倒，无时差。

上班的日子，"人在江湖，身不由己"，生活很难规律；退休后"我命由我不由天"，一切走上正轨：晨练、早餐、送外孙、画画、午餐、午休、打球、画画、晚餐、散步、上床、读书、睡觉，一天安排得满满当当，环环相扣，密不透风。

前两天去他家采访，其间方便，我看到卫生间马桶旁的小书橱里，依然放着一摞史书。

春暖

1984年后，在第六届全国美展上，有一幅题名《春暖》的作品，表现的是周总理走进陕北农家，与百姓鱼水情深的场面，画面艳丽饱满，人物惟妙惟肖。

作者是一位名不见经传的青年画家马国强。那年他三十岁，刚刚而立。

这幅作品成为马国强推开画坛厚重大门的"有力之作"，也成为他至今屹立于中国画坛的一面旗帜。今年1月8日周总理忌辰，马国强在朋友圈留言并配图《春暖》——"为了忘却的记念"：

每年一月八日时，总是老泪纵横日；

四十七年彻骨痛，直至今天难离世！

在他家客厅照片墙上，还真有一张发黄的照片，那是1982年他创作《春暖》时，与黄胄及其他大家拍的一张黑白合影照。

曾有一位广州画商看上《春暖》，要出几百万永久收藏。想到这幅作品的艰辛创作和坎坷命运，画一出手就"黄鹤一去不复返"了，以后就是无尽的"烟波江上使人愁"。念及此，却不舍；咬咬牙，不卖了。

2010年10月15日，《春暖》无偿捐给了河南省美术馆，永久收藏，长期陈列。

建设者

马国强是"中原画风"的举旗者，而今大纛猎猎，风起中原，席卷全国。

一方水土养一方人。中原厚土铸就了中原画风"传统、生活、创新、中正"的创作定位和"蓬勃、正大、刚健、淳雅"的精神追求。从艺术流派形成的规律来看，古今都是顺其自然成派，而非依傍门户，生硬造派。叫"中原画风"而不叫"中原画派"，是马国强经过深思熟虑、反复斟酌过的，也是他研究和学习历代画派成因、发展、壮大、形成、叫响、认可的结果。

爱好就是事业，事业就是爱好，"鱼和熊掌兼得"。夫复何求？

在文联和美协工作这么多年，虽然行政事务冗繁缠身，但他依然能处理得事事有着落，件件有落实，简政放权，秩序井然。不仅没有耽误自己的绘画，而且利用平台便利开阔了视野，施展了抱负，精进了业务，反哺了画艺。

主政河南美协期间，曾多次公开声称不喜欢现当代艺术的他，却成立了全国省级美协中第一个现当代艺术委员会。河南的现当代艺术的健康发展引起全国的关注，不能不说与他"允许、支持，但不予褒扬"独到的做法有莫大的关系。

马国强思想开明，对外开放，尊重"生物多样性"。

干好了送鲜花，赢掌声；干不好遭唾弃，背骂名。

他对人才的爱惜举荐在美术界是获有共识的。当下几乎所有六十岁上下活跃在省内乃至北京的河南籍画家，基本上都受到过他的提携。河南省书画院年轻专业画家宋彦军，被中国艺术研究院看中，但条件略有缺陷。他跑前跑后，助力推动，"你不能，我让你能"，令宋彦军临表涕零，感恩戴德。不只是国画，画油画的年轻人他也关注。我在他朋友圈就看到他推荐的安阳工学院的一位年轻教师刘哲一，虽然未曾谋面，依然强力推介，并贴出六幅作品"以证所言不虚"！

现在很多工笔画家的作品和照片一样，有的甚至借用各种工具，透视描摹，为像而像。但是没有精神，就像一个美人，两眼空洞，胸大无脑。对此马国强颇为担忧：他们笔下中国画的本体主义和写意精神失踪缺席。就这，有些人的作品还"炙手可热"？！

奇了怪了！

退潮之后，才知道谁在裸泳。

这两年艺术市场大浪淘沙，图一时热闹者终归寂寞，浮表面泡沫者早晚涨破，而真正的大鱼、大虾、大王八，依然潜伏水底，"四海翻腾云水怒，五洲震荡风雷激"。

尘世暖阳

第一次去拜访马国强，他怕我摸不着门，就给我发来一个"马府进门指南"：郑州市××路与××大道交叉口向西二百米路南，门前一过街天桥，××小区，×号楼×单元××号，比"高德"定位还精准；还怕我找不到，就又发来一个括弧备注（进大院门摁×××××××××，到×号楼×单元楼下摁××××，到××楼××××#）；进来了，又怕我出不去，就又补充说明：一楼大门门厅左侧白色按键按后开门，出大院大门×××××××。

服务到位，暖男一枚。

约访这篇稿子的时候，我约他时间，他秒回："几个时间可以安排：一、明天（周二，六号）下午；二、后天（周三，七号）上午；三、周五、周六以后均可。"

为人着想，理解万岁。

2017年，我在省美术馆举办个展《风雅颂——李韬书法作品展》，恳邀他出席开幕式，他"习惯性"答应后，我又"得陇望蜀"，请他在开幕式上发表"热情洋溢"的讲话。我因展事冗杂，不能开车接他，就安排一个朋友代接。说好的时间，他一等、再等、三等，仍不见人来，就自己打的到了美术馆。

他到时离展览开幕还有近一个小时呢！他就是这么"不守时"——

老是提前。

2019年，河南大学从万万千千名毕业生中遴选十名"最美校友"。这个"最美"拼的不是颜值，而是个人贡献。

马国强被选中。

河南大学给他的评语是："五十余年艺术生涯，修艺心，成衷心；十余年媒体经历，怀初心，献赤心。关心母校发展，朴实低调；提携河大后进，不辞辛劳。好画画，画好画，画画好，造诣高迈，风骨独标。"当然，这不是"定评"，因为他在艺术这条道路上还在不断精进，不让后生。

生活，生活

马国强长年把生活作为最大的素材库和"资料池"，书架上一格子一格子的采风照片和一摞摞的写生本就是明证。"真诚地、深入地、大胆地看取人生并且写出它的血和肉来"，眼、心、手结合，线、墨、染并用。2011年8月21日，他在中国美术馆举办大展，名称就定为"生活，生活——马国强水墨人物画展"。

那是他艺术生涯的高光时刻，也是"中原画风"走进京城、接受艺术界各位大佬、评论界诸位大咖、政商界各位大鳄检阅、品评、打分的一次很好机会。

自言没什么宏图大愿，也不想扬名立万，更没考虑过出艺术年谱，留史料档案，建美术馆、博物馆、档案馆。他把很多画过的草稿、小样、插图都扔了，画过的速写不少也随手撕下来送人，有的最后辗转都流落到了古玩城。幸好，后来认真整理、梳理了一下，把存下来的速写都无偿捐给了河南省美术馆，没成了"河南艺术史上的失踪者"。

所有的无心插柳，都是水到渠成。

他把书房兼画室比作生产车间，老伴就是车间主任——不仅监工，而且打理日常事务。画毡上各种约稿函、日程表、合同书，挂图作战，分工明确，责任到人。

时代阳光

马国强是新时代、新科技、新媒体的"弄潮儿"。微博流行那阵子，天天更新；微信开始成为主流，又开始不断更新朋友圈；现在"十亿人民九亿抖，还有一亿玩快手"，他又从"两微"转向"一抖"。

他发抖音只是作品展示，除了向画界师友报告一下自己的创作状态，也成为他与外界沟通的窗口。就像戏曲演员登台唱戏总想听听观众的反应一样，有了新作可以试探一下粉丝的反应；点赞叫好当然欢喜接受，建议批评也虚心接受。目前，他抖音的粉丝量2.8万人，点赞量6.9万，关注661人。可以直播带货、流量变现了。

2018年7月1日，中国最大民营美术馆江阴海澜美术馆开馆，马国强受邀成为为开馆定制的画家，创作7米长、2米高的"巨作"《喀什阳光》，这是他从艺至今画的最大的一幅作品，不是之一；近三十个人物，还有羊、狗等配景，整整画了两个月。

创作时全情投入，用力过猛；画竣后彻底瘫倒，大病一场。

如今《喀什阳光》陈展于海澜美术馆一楼大厅C位，也算对得起呕心沥血。

马府客厅沙发后面挂着一幅新画的手卷《绚丽那达慕》，书房兼画室画案上一幅同样尺寸的手卷即将收工。这是即将在周口美术馆举办的个展"时代阳光——马国强中国人物画作品展"专题创作的一批手卷，每一幅都人物众多，工写兼备。

马国强有句口头禅："好画画，画好画，画画好。"他一直在"知行合一"，学思践悟。

胸中一团火熊熊燃烧，笔下满腔情涓涓溢出。

尽管他自称是一个"悲观主义者"，但其作品中的人物明艳阳光、向善向上，十足精气神，充满正能量。

老河

2019年，马国强在陕西写生时看到一位老农，拿着一根长长的旱烟袋，满脸沟壑犹如岁月冲刷样，坐在一块石头上，乐呵呵的，一口"牙可稀"，满嘴都跑风；背后是干涸的河床、流年的沧桑。

眯着眼睛看世界，牙缝里面品人生。他隐约看到了自己的明天。

创作《老河》时，他缘心立意，以情结境，变描为写，书法用笔，甚至老人的每一根胡子都是双钩出来的。有这功夫并愿意下这功夫的人，在整个艺术界应该凤毛麟角。刘文西在陕西的一次美协会议上专门提到《老河》这幅作品，遗憾地说一个陕西老农却被一个河南画家给"抢走"了。

弦外之音，不言自明。

《老河》的背景创作充分暴露了马国强山水画方面的娴熟功力，有画商曾"动之以情、晓之以理、诱之以利"，让他画一批青绿山水——"画多少要多少"。他"无为而无不为"——不是与人民币有仇，他"老马识途"，深谙画道深邃，单纯人物画已经高耸入云，仰不可攀，哪有精力左顾右盼？

现已"年老色衰"，除非"不可抗力"，马国强不愿意再抛头露面；参加的活动也是一压、再压、三压，时时有一种危机感和紧迫性——老马自知夕阳短，不用扬鞭自奋蹄。

安琪算得上张宇的学生，对张宇知之甚深。但谁去写张宇，我都会有不尽然、非唯此的异议。张宇不仅给当代文学创作了不少典型人物，他把自己也活成了文人典型，读懂他，也许会有教科书的意义。

张宇说过，我们那茬儿作家，唯有我们两个之间没有过儿戏。所以近日他又针对我的创作态势很严肃地教导我说，你这辈子生活材料占有得让人嫉妒，不能让自己过度劳累老背着，要去消费，让它像屁一样放出去！这话如同醍醐灌顶，也难怪我每次去耕文字的田，都搞得狼狈不堪；张宇半闲之中，老来闲笔，依然能够用《呼吸》敲开今日文坛沉闷之门。

达摩面壁九年，也不过是张宇的一夜气息。

安琪也是一个非常有故事的人，他于文学的追求和生活的坚韧，经常为朋友称道。此次为本书拍摄肖像的石战杰教授，当年就是听了安琪的励志讲演而坚定艺术信念，走上考学道路的。

张宇和安琪，两个具有榜样力量的人在文字上交会，该对我们这些懵懵懂懂的人产生何等的教育意义啊！

说到底，我以为张宇这辈子也很简单，但他的简单是词典那种简单，你要去查阅才能明了。他不管别人怎样看，一直是姿态松弛地走着，肩有点斜，他说是小时候挑担子走山路留下的。

谁知道呢，也许是上树掏鸟窝儿摔的！

——齐岸青

张宇：
半闲书屋半闲人

文｜安 琪

张　宇　｜　1952年生于河南洛宁。作家。曾任河南省作家协会主席。主要作品有中篇小说《活鬼》《乡村情感》《没有孤独》等，长篇小说《呼吸》《疼痛与抚摸》《软弱》《足球门》《晒太阳》等，长篇散文《对不起，南极》。作品曾获庄重文文学奖、人民文学长篇小说优秀奖等多种奖项。

张宇的书房叫"半闲书屋"，书法家王澄先生题匾。

当时，张宇刚办了退休手续，也辞去了里里外外、虚虚实实的职务和差事。看来老兄是决心做个半闲人了，也终于能做个半闲的人了。

书房是存书、读书、写书的地方，我觉得，张宇置身书房，本身就是一部书——名著。

一部名著，不可能也不需要谁都喜欢，张宇是我和喜欢他的朋友们的名著；便是自己喜欢的名著，也不可能甚至不需要喜欢所有的情节和细节，而其中的精彩之处，仍然会幸福和滋养着我们的生命。

张宇是个山里娃子。从小他爹就教导他：书中有颜如玉，书中有黄金屋，要想过上好日子，就要走出大山，起码得走到洛阳城，混个城市户口。张宇把这话翻译成了书中有大鱼大肉白蒸馍。他说：枪杆子里出政权，老一辈已替咱打下政权了，咱就握笔杆子吧，笔杆子里出大鱼大肉白蒸馍。靠着笔杆子，张宇把自己弄到了洛阳，成了吃商品粮的工人，又成了国家干部，接着又当上了县委副书记……

那年，他二十八岁。组织上说，年富力强啊；村里人说，后劲足着哩。

谁知道，他书记干得好好的，突然就不干了，又去当了文联主席；后来连这个主席也不当了，调到省里专门写小说去了。

张宇说他是个"民间艺人"。

当时，张宇已经很著名了。他这么说，可不是作秀。作秀的人，往往嘴上挂着民间，心里却向往官场，张宇是一头扎进了社会底层。

很长一段时间，在单位、在家里，谁也找不到张宇，可偶然往马路边棋摊上一瞥，却发现他正跟一帮"引车卖浆者"鏖战正酣呢。可别说张宇在体验生活，自己的生活还顾不过来呢，哪有闲心去体验别人的生活？我觉得那就是张宇当时生活的一部分。

据说，张宇是作为后备干部调到省里的，这难免就对某些正在后备着或自己早把自己后备着的人产生威胁，而消除威胁的最好办法，就是让你陷入是非中，没有是非就帮你制造点是非，让你把精力都耗在处理是非上。于是，是非就像一张无形的网，一下子把张宇网住了。因为这张网是无形的，他找不到对手，也无法辩解，甚至连自我批评、自我纠错的机会都没有。

然而，张宇有一件人生法宝，那就是逃跑——你藏在暗处让我找不到，我就从是非里逃出来，也让你找不到；我无法战胜你，就想法战胜自己。这一点，张宇像出家的和尚、尼姑、老道士。其实，出家人多是遇到了无法解脱的麻缠，才遁出红尘的。那么，张宇泡棋摊，就有点像带发修行了。

那段日子，张宇认识了一群玩盆景的朋友，从此跟树结下了不解之缘。每到周末，他们相约着来到树桩市场，像买菜买粮一样，讨价还价；树桩买回家，朋友们吸着烟，喝着茶，用俚俗的话语谈论着盆景艺术；然后，刀砍斧斫，随曲就直，弄成一道自以为是的风景。

圈里人常说"玩盆景"，但张宇不这么说，他说养树。想想也是，树又不想变成城市户口，树在山里活得好好的，你把它弄到自家阳台上，已经够委屈了，再加个"玩"字，听起来潇洒，却有种"泡小姐"的邪味。张宇说，有人傍腕儿，有人傍款儿，咱傍树。有了高兴事，来跟树说说，看到树那样沉静，就不会得意忘形了；有了烦心事，也来跟树说说，看到树还是沉静着，就不会熬煎了。

张宇养盆景的地方挨着书房。开始在书房外的阳台上，后来盆景多了，阳台放不下，就买了一套复式，书房连着楼顶大平台，下面读书，上面养树。这样，他就从是非中遁了出来，与书为伴，与树为伴，或者说与自己为伴。他觉得这样既安全又安心。

当然，主要还是写作。一个作家，不写作拿什么安身立命？张宇说，人一辈子能干自己喜欢的事不易，干喜欢的事还能养家糊口更不易。白纸黑字写出来，精神上得到了满足，家里的柴米油盐也有了。他说这叫"一笔两画"。能"一笔两画"，那是命好，能一笔写出漂亮的两画，那是运好。张宇命好，运也好。实际上，《飘扬》《枯树的诞生》《软弱》等一批作品都是那时创作的。

张宇是个出其不意的人，不但把小说写得出其不意，也经常生活得出其不意——2004年，他突然去了建业集团，先是做房地产营销副总裁，继而当了建业足球俱乐部的董事长兼总经理，成了个职业足球人。

关于中国足球的最早记录，是《清稗类钞》："足球，与蹴鞠相类……以球能踢入对面之门者为胜。"有趣的是，编者徐珂把足球归到了"戏剧类"。

我老家把唱戏的叫"疯子"，把看戏的叫"傻子"。由此来看，把足球归类"戏剧"也不无道理：踢球的那群"疯子"，在场上狂奔，是为证明自己的本事；看球的那群"傻子"，在看场下狂喊，是为宣泄自己的情感——都疯狂地认真着或认真地疯狂着。

此前，张宇只是个球迷，是观众；这时，则成了编剧和导演，开始认真地编导建业冲超这台大戏。

竟然成功了。跟做梦似的。

这个梦河南足球人做了十三年，却在张宇手中美梦成真了。那夜，在南京五台山体育场，随队远征的五千河南球迷沸腾了；在郑州二七广场、绿城广场，通过电视看比赛的河南球迷沸腾了——鞭炮齐鸣，烟花怒放，幸福的泪水肆意流淌，激情的欢呼响彻云霄……次日，资深足球评论员李承鹏写了一篇文章《千万要相信河南人》，说："一个人十三年一根筋地坚持做一件事情，为什么不可以相信他呢？比如河南建业十三年后冲超……"

张宇成了影响河南足球的重要人物之一。

然而，他突然辞职不干了。

他说，董事长的名头再响亮，也是个假家伙；你把足球弄得再火，最多就是个好"票友"；何况，咱本就是体验生活，都干过了，干过了就干过了，该回到书房写自己的小说了。不久，长篇小说《足球门》出版，张宇又成了作家张宇。

而在我的眼里和心里，张宇越来越像一部名著了。

读一本好书，最怕过早地进入尾声。

作为体制内的人，张宇到了退休年龄。可就在花甲之年，他又做了件"登峰造极"的事——峰是早就登过的，山里娃子嘛，何况早年也上过青藏高原，这一次是造极——他去了南极！

张宇去时没几个人知道，回来后也很少跟人说起。等到长篇散文《对不起，南极》出版，才着实把人吓了一跳——这是一次生死之旅，是一次朝圣之旅啊。

张宇站在南极点，面对世界这个大坐标系，对生命进行了解析。他既是旁观者，又是参与者。

人自呱呱坠地，首先结构了与父母的血缘关系。血缘亲情既是这种关系的本质，也规定着这种关系的存在方式，道德人伦既丰富着这种关系的内容，也改变着这种关系的轨迹。当时，张宇父母已然作古，他自己也步入了老年人序列。在解析与父母的关系时，他始终努力让自己的价值最小化，而让父母的尊严最大化。漂泊在浩瀚的太平洋，穿过"死亡走廊"西风带，他想起了母亲那温暖的怀抱？抑或感受到了父亲居高临下的权威？

从乡下到城里，张宇一开始就保持着进取的姿态。没办法，你不进取，就无法在拥挤的城市建立自己的坐标，争得一寸属于自己的生存空间。实际上，不唯张宇，大多数进城的乡下人都是这种生活姿态。城里的关系太复杂，交织着帮助与被帮助、伤害与被伤害、误解与被误解、谅解与被谅解、和解与被和解……但无论如何，城市并没因张宇们的侵入而少了什么，张宇们也没因城市的挤压而萎缩，每个人都以不同的形态延续着自己的人生轨迹，总体上各得其所。

及至置身于南极大陆的坐标系，张宇用极地的冰川、海水、石子、磷虾、企鹅、贼鸥、海豹、鲸鱼作参照，开始解析生命与自然、生命与生命之间的关系。他蓦然发现，"越是处在生物链下端的动物，虽然软弱可欺，生命力却越强、繁殖得越快，反而更加繁荣和昌盛；越是处在生物链高端的动物，虽然凶狠强大，例如鲸鱼，生存却越来越艰难、孤独和寂寞，反而高处不胜寒"……

《对不起，南极》，是生命对生命的忏悔，是生命对大自然的忏悔，更是张宇经过了六十年一个花甲的轮回后，对生命、对社会、对大自然的觉悟。

张宇的觉悟，让我感到了王者的复辟。

然后，倏然隐去。

差不多有十来年吧，张宇好像真的闲下来了，很多时间都待在书房。

这种幽居的状态让我好奇——莫不是真要做个半闲的人了？终于忍不住前去探视，发现张宇在读经，《易经》《书经》《黄帝内经》《心经》《金刚经》《六祖坛经》，还有孔孟老庄，正史稗史……林林总总，散发着沉甸甸的古凉。不但读经，还抄经，一律心平气和的小楷，透着自得和自在。

自得自在却不自闭。张宇说，人在俗世，岂能免俗？所以，也参加朋友聚会和社会应酬。只是，一个"世"字，实在广大，一个"俗"字，又花样百出，能在俗世里参透世俗，谈笑风生间求得个自得自在，是大智慧。

可这一肚子智慧，也不能总是观自在呀，什么时候亮出来也让大家一饱眼福？

我期待着。

都期待着。

在大家的期待中，张宇从"耳顺"走到了"古稀"。这一年，他的新作《呼吸》煌然面世了。

孙荪先生说，"事闹大了，小说作成大说了"；阎连科说，《呼吸》让我们看到了禅宗祖师达摩"由神向人而终为神"的精神塑程和修为；而我更觉得这部小说是张宇大半生的修行和参悟，是他写给自己的书。从洛河到黄河，张宇是从"河图洛书"走出来的；他上过青藏高原，到过南极大陆，终又回归中原腹地，经历了从坦阔到高峻、从极致到中和的过程；他自信，生活即修行，活得好才是真艺术，放得下才得大自在。

其实，很久以来，张宇好像都在追求着什么，又舍弃着什么。有些东西，你不求就得不到，得不到就不自在；而有些东西，该放下就得放下，放不下就成了累赘。他说，人的前半生得学着接受，后半生得学着拒绝，要不手艺就滥了，日子就乱了。想必这跟他养树一样，一开始所有的枝条都得留着，为的是吸收更多的阳光和水分，把根扎牢；到了一定时候，就得把无用的枝条剪去，让有限的养分去供给那关键的地方。

《呼吸》满世界炒得火热时，张宇已经回家了，从书房到顶楼平台，与书为伴，与树为伴，自己玩自己的了。

而那块"半闲书屋"的匾额，却一直没挂。张宇说，半日劳碌半日闲，一事糊涂一事醒，书斋即心斋，放在心里就是了，没必要贴到脸上。

张广智退休之后，有个交集的场合中，时任省委书记问他：广智啊，退休之后感觉咋样呀？广智说：这以前也没有啥退休的经验，只是听人说退休好，现在才知道，说是好，不知道这么好！一时间，在场众人大笑。

退休之后的广智还真是显出百般好来，不再有公务叨扰，散步的时光规律而祥和，躺在河边看书亦偶可为之。这遛弯儿不仅走出自己的精神抖擞，让身材苗条些许，然步履之间所观的景物花草也能记述结集成书。如此下来，退休后的广智，居然以一年一本书的速度，把他退休的快乐分享给朋友。

广智的阅读和写作几乎都是在缝隙里完成的，往昔今日，如有一起公干或者旅游，舟车劳顿，我们都是自顾休憩，但往往是次日早餐时，他便有了游记，偶尔再添诗句吟诵，让人心生羡慕嫉妒。

这本书选入张广智，大家还是有些纠结的，好歹人家也是省部级领导了，细枝末节上万一有"万一"，不像常人好办。后来，大家还是决定宽容一些，羡慕归羡慕，我们还是要勇于承认他的文人底色！

有次我随广智赴京公务，寻暇去了三联书店，进去时，广智叮嘱，不可久待，中午还有约会。待钻进书堆里，我便想你的约定又未必我也一定要践诺，恕不相陪了。不觉已至午时，当我推着书车欲离时，居然看见一个装满书的推车旁边，广智正扒着书架选书，目光相遇，各自意味深长地一笑……

广智是个真看书的人，不管他在哪里，干什么！

——齐岸青

张广智：龙子湖『左岸』

文｜李 韬

张广智　｜　1957年生于河南柘城。曾任河南省人民政府副省长、河南省政协副主席等职务。工作之余著有《稼穑集》《豫东　豫东》《故乡炊烟》《郑州　郑州》《智说列子》等多部作品。

巴黎人将塞纳河以北称为右岸，以南称为左岸。右岸高级百货商店、各大银行、金融集团、保险公司、股票交易所等一字排开，左岸则学院、出版社、小剧场、美术馆、博物馆、艺术院线鳞次栉比。

好事者戏谑曰："右岸用钱，左岸用脑。"

据说，就连"知识分子"（intellectuel）一词都与左岸有关。

1904年，毕加索正式定居巴黎蒙马特，邂逅了初恋费尔南多，并认识了野兽派画家马蒂斯。不久，毕加索和恋人一起搬到了巴黎左岸，住在当时繁华的拉斯帕尔大道。

沉浸于左岸的文艺氛围和惬意环境，毕加索用心"用脑"也创作了大量的代表作，震惊世界画坛的"反战"巨作《格尔尼卡》（长7.76米，高3.49米，现收藏于马德里国家索菲亚王妃美术馆）就是在左岸一个昏暗的阁楼中创作的。

该作品结合立体主义、现实主义和超现实主义风格，用具象手法表现了残暴、痛苦、绝望、受难和兽性，于黑、白、灰三色中传递出画面的紧张肃穆与恐怖气氛，画者呕心，观者共情。

2022年2月5日，以《格尔尼卡》衍生出的"文创产品"——巨幅挂毯"重返"联合国总部大楼安理会入口处显要位置，号召全世界人民联合起来，反对战争，拥抱和平。

左岸不只在欧洲，也在郑州。

本世纪初，21世纪房地产公司开发的一个楼盘就叫湖·左岸。

房地产公司眼中的湖只是一条小水沟，早已干涸；湖·左岸也早已变成二手房，湮灭于汹涌的房地产迭代大潮中。

郑东新区龙子湖左岸，万物葱茏，高校林立，鸟语花香，书声琅琅。

张广智的书房"左岸"就在于此，闭门即是深山，卧游晤对古今——"湖光水色，绿树掩映，是吾家也"。

良辰美景并非虚设，秋水文章"左岸"诞生。

他在《龙子湖》一书中专门写了一篇《书房》，道尽"左岸"的前世今生：

疏懒是我的秉性，啥事都是多一事不如少一事，可一下子弄了个这么大的书房，寻常又浪得个好读书的虚名，要说给自己的书房起个斋号，附庸一下风雅，也没什么大不了的。可是书房里有几架书不错，但没有什么善本珍籍，更没焦尾越剑，学问做得比半吊子还半吊子，憋半天硬生起个名号，俗了惹人笑话，雅了更惹人掩口，难矣哉！顺口说个地名应差，不想经人一批讲，我马上心虚冒汗。开弓没有回头箭，左岸就左岸，反正你跑右岸找不到我。

"左岸"这么小资文艺的名字，怎能离开诗词歌赋，所以《书房》一文也以诗作结：

君来一鸿儒，笑我似白丁。

汉书浮大白，宋词佐小盅。

湖水送清凉，夜月散朦胧。

相见杯频举，欢乐有皤翁。

日月双轮，人面桃花；万物逆旅，百代过客。"左岸"也成了张广智的精神巢穴与生命禅堂。

"书斋里的革命"是"站在天安门上想问题"，坐而论道；沾着泥土、带着露珠、冒着热气的一篇篇文字，才是"去到田间地头找感觉"，充满着浓浓的生活气息和"人民情怀"。

写完《郑州 郑州》之后，张广智意犹未尽，觉得应该写写"左岸"这一带的一草一木、一鸟一鱼，于是就有了《龙子湖》这本书。

在郑州住了四十多年，这本书不仅是"半生缘"的真情告白，更是"倾城之恋"的浓情表白，充满了拳拳爱意，殷殷期冀。既为龙子湖代言，又为"左岸"立了传。

梁实秋在谈到自己的散文创作时，自称"长日无俚，写作自遣，随想随写，不拘篇章"。

张广智亦"人同此心，心同此理"。他随时随地在手机"记事本"里记下所思所想，"素笺欲驻心语，难诉思绪万缕"；读书笔记抑或突发奇想也赶紧用iPad缓存桌面，他日再整理、补遗、连缀、生发、扩充，"闲来各数经过地，醉后齐吟唱和诗"。

看似雪泥鸿爪，久久为功，终成云蒸霞蔚。

张广智的文字深谙散文妙谛，既有朱自清散文的清丽动人，又具丰子恺散文的哲理禅机，更不乏知堂老人散文的老辣凝练、隽永深沉，如《豫东 豫东》中《洼张不洼》《老李酒事》，《故乡炊烟》中《故乡明月》《剃头》，《龙子湖》中《湖光水色》《芳邻》等等诸篇，都是佳构华章，有点像现代版的《闲情偶寄》，白话文的《陶庵梦忆》，"细品，有味儿；慢读，得劲儿"。

我也隔三岔五到"左岸"瞻仰。客厅茶几上几摞书均数尺来高，不是"参考资料"，就是"工具大全"；有的贴着纸条，有的做着记号，手里的茶杯都无处安放。

一部手机解决一切的今天，看抖音、刷视频成了当代人生活的全部，读书的人越来越少，"共建书香社会，倡导全民阅读"还有很长的路要走，让人不免有"杞人忧天"之虞！

张广智藏书多、读书多，"地球人都知道"，他是三联书店郑州分店最早的会员之一。那时他还在河南农大任职，三联书店就在马路对面。

他是书店不在册的"员工"。

无论出差公干，还是旅游观光，书店都是张广智必去的地方。有次到上海的钟书阁选书，被这家"全国最美的书店"深深吸引，不能自拔。不知道啥时候这家以文、史、哲主打的书店开到了左岸旁边，猝不及防地相遇，"忽逢幽人，如见道心"的惊喜，送上门的"精神大餐"怎能轻易放过？选起书来，竟然忘食，"早饭"变成了"午餐"，上午约好的人，也推到"回头见"。

"莫说相公痴，更有痴似相公者。"

读书的过程可能有些漫长暗淡，但前面一定有一束光——那是指引，那是照亮，那是每一位读书人的诗和远方。

读书不仅仅能让人看到一个更大的世界，当然也可以把人送到一个更大的舞台——攀登事业的高峰，开启智慧的脑洞，保持独立的个性、成就非凡的人生。

野史、笔记、民俗、考据、笺释、校勘、训诂、掌故、史话、辞赋等等，张广智是个"杂食动物"，来者不拒，细嚼慢咽，兼收并蓄，话说古今，谈吐中外。

各种场合，张广智都是"话聊"主角，众星拱月，洗耳恭听其"慢慢道来"；酒足饭饱，夜已阑珊，大家的求知"欲壑难平"，这时候他就会卖个关子，有如单田芳老憨腔般"没有不散的筵席，期待来日再聚"。

读书多，博览群籍；常反刍，博闻强记；能转化，博观约取；懂得多，博学鸿儒。

张广智对退休后的生活也进行了"十四五"规划：不吸烟，少喝酒，每天坚持万步走；少说话，多看书，学习到老不知足；对人宽，对己严，力争不要惹人烦。

　　当然了，具体问题具体分析，遇到特殊情况他也在不断"调规"。

　　民国熊伯伊《四时读书歌·春》有言："春读书，兴味长；磨其砚，笔花香。读书求学不宜懒，天地日月比人忙。"

　　很多人问过张广智同一个问题：平时事情那么多，哪来的时间读书写作？

　　这要归功于"时光大盗、规划大师"坚忍的耐力和持续的修炼。他把手不释卷、笔耕不辍当成"日课"与"作业"，他把手机的"记事本"当成"作业本"，日积月累，"事"累如山，久积成册。

　　读书多了，就要吐纳；时机成熟，就会转化。

　　"休而不退"期间完成《豫东　豫东》《故乡炊烟》两本故乡散文集，"看得见山，望得见水，留得住乡愁"。

　　辛丑岁尾、庚子新正，新冠疫情迅速蔓延全国，人人裹足，家家闭户，张广智又利用居家隔离的有限空间、春节前后的有限时间、捉襟见肘的有限资料完成专著《郑州　郑州》，钩沉历史，烛照古今。

　　"宜将胜勇追穷寇"，办理了退休手续后，终于"解放了"，本来完全可以放飞自我了，但又"退而不休"，文思泉涌，奔突不竭，以我手写我心、写我见、写我闻、写我思、写我感，又回到独擅胜场的故乡叙述，捧出散文集《龙子湖》，恭呈于四方达人"雅正"，揖请于各界贤哲"笑纳"。

　　"伸手一摸就是春秋文化，两脚一踩就是秦砖汉瓦。"列子作为春秋战国时期重要的道家人物、先秦"天下十豪"之一，也是重要的道学家、思想家、哲学家、文学家、教育家、生活家，这么牛的人物却被我们遗忘在历史的故纸堆里。张广智甚为这位"郑州老乡"的冷落际遇鸣不平，为了让更多的人了解列子、传播列子、阅读列子，他又广搜博取，回炉再造，将《列子》写成普及版《智说列子》，传播中华优秀传统文化，增强提振全民文化自信。

写完地理意义上的故乡《豫东　豫东》《故乡炊烟》之后，又开始写心理意义上的故乡《郑州　郑州》《龙子湖》《智说列子》。居一城，爱一生；流于笔端，风雅成颂。

从《郑州　郑州》到《龙子湖》，再到《智说列子》，可谓三位一体、生生不息，每一本都是笔力、脚力、脑力、体力、心力、智力的集大成之作。

2022年4月23日世界读书日当天，在瓦库北龙湖店举办了"一松一竹真朋友，山鸟山花好弟兄——张广智故乡散文系列分享会"；时隔一年，2023年世界读书日当日，"阅读郑州——从天地之中到龙子湖畔"又在郑州图书馆天中讲坛开讲。

一年一本，一本一次，"匀速"前进；渐成规模，初具体系，质量持续。

在流量为王的当下，一条抖音视频就能让一座城市出圈、爆圈、炸圈。张广智依然握紧手中的笔，用最纯粹、最传统的写作方式抵御防守着快餐化的时代、防御呵护着日益被侵袭蚕食的阅读时光，将一腔赤子之情流于笔端，将满腹炽烈之忧溢于纸面。

在任上的时候，张广智曾推动过大象出版社《河南历代方志集成》的出版工作。

一次性汇编现存上起明永乐十一年（1413）下至新中国成立（1949），五百三十六年间河南通志、府（州）志、县志、乡土志等，共19卷586

种565册，内容涵盖自然、社会、人文、经济的发展变迁。

碰到这样的大工程，很多出版社都知难而退、绕道而行了。为了完成这项"迄今为止研究河南最为真实、最为权威的文献史料"，张广智也是"尽力到无能为力"。

当时全国多地都在启动这样的出版大项目，但最终只有河南成型。

"左岸"靠窗有两个大书架，顶天立地，满满当当。

爱出爱返，双句奔赴——一套《河南历代方志集成》成了他写作源源不断的素材库和"信息池"。

据不可靠消息，他的《河南 河南》一书正在进行时，且已完成大半。不日，你在书店可能就会看到一个齐整的方阵：《豫东 豫东》《郑州 郑州》《河南 河南》，从"小"到"大"，一字排开。

《嵩山 嵩山》《黄河 黄河》已经在前方招手了……

和王澄先生相识算早，但交往如水。早些年，重修郑州城隍庙时，碑记的拙文是由我撰的，选书丹者时，已持笃定王澄。王澄允之为之，也许王澄曾为外科医生的缘故，其字如人体筋骨，造物完美。我不谙书技，只是觉着王澄的书写笔势张合有度，老辣苍劲，柔韧得体，颇得古意和天趣，让我评议，一个字是"好看"，三个字还是"好看"。

因王澄的字，重修后的庙宇平添了别样风采。

王澄出生于书香世家，其祖、其父母皆具极高书法造诣。原本安康人家，因战乱父亲离散，母亲含辛茹苦，独自抚养兄妹四人。为报母慈，王澄由父之丁姓，从母改王，孝心天鉴。

从文从艺后的王澄是江湖中的传奇，粉丝趋之若鹜，但不知何时王澄远离尘世喧嚣，自甘落寞，给大家留下一个邈远身影。

尽管王澄的才情、意趣、思绪是缤纷的，但他的身形是清冷孤傲的，恰如赵曼女士所言，"流落人间者，太山一毫芒"。

没办法，人皆是造物安排。

——齐岸青

王澄：流落人间者，太山一毫芒

文｜赵 曼

王 澄 ｜ 1945年生于河南开封。书法家。主要著作有《王澄书法集》《棚下曲：王澄诗词》《半禅堂选集》《青灯问礼：王澄书画集》《王澄古稀集》等多部，主编《中国书法全集·康梁罗郑》《中国书法全集·于右任》。

　　唐贞元十四年（798），屡试不第的落魄文人张籍在汴州认识了大文豪韩愈，因韩愈的知遇之恩拨云见日："略无相知人，黯如雾中行。北游偶逢公，盛语相称明。"韩愈与张籍亦师亦友，而张籍毕生以弟子礼敬之，他们的师生缘，和王澄先生与我们几人的缘分颇有相似之处：尤其是大学毕业来郑州的最初几年，人际关系一片空白，有过共同经历的人少之又少，更谈不上思想交流，读书有乐趣无人分享，创作遇困扰愁肠百结，那种迷雾中不知方向的感觉，是没有背井离乡过的人很难共情的。因健强兄引荐得识先生，但后来才知道在那之前先生已经多方推荐我参加画展，而默默地给年轻人创造机会却从不声张，于他却是不值一提的小事。正是在先生这里，我们得以深入地交流艺术与人文哲思，节日共同庆贺，平常三五小聚，每每都有所得，用韩愈《调张籍》里的"流落人间者，太山一毫芒"，概括我所认识的王澄先生，恰如其分。

　　王幅明著《王澄传》，对先生的成长与成就写得极其详尽。开封，这座人文积淀深厚的古都，不仅是《清明上河图》所描绘的北宋东京汴梁城，还有杜甫、李白和高适雅集的诗《梁园吟》佳话，康有为题诗赠友的古吹台，书法风貌多样的石碑遗存，传奇音乐家师旷奏乐的十米高台，大禹治水的故地，文明华光如沧海遗珠，礼乐之盛犹在耳畔，这里是先生人生的起点，也是他一生游于艺的精神故乡。

　　从早年学书的艰辛，艺术上转益多师，对书法历史和南北碑帖的长期研究，使王澄先生确立了鲜明的创作风格。在与线条、墨色、韵律的对话中，在对"深入一家，逐渐蜕变，不与人同，避免僵化"的践行中，他也构建了一个底蕴丰厚的理论体系，对于书法创作中的很多问题都有一针见血的见解，特别是"经验性视觉平衡"这一创新理念，首次对书法创作中广泛存在又常常被忽视的上述普遍性规律进行了系统论述，在

《王澄古稀集·文论卷》的开篇，即深入详尽地对"经验性视觉平衡"做了阐释。此外，先生所倡导的确立碑体行草书这一概念，将魏碑之"魄力雄强，气象浑穆"与"俊逸秀劲，绚烂多姿"的行书相结合的这一新兴书体，作为极有研究价值的书法理论课题提出来，也是对书法史论的一项极为重要的贡献。在对碑体行草书的历史渊源、传承体变、形成过程及美学特征等问题写了多篇文章进行探讨的同时，王澄先生也将这些心得与自己的书法创作实践相互映照与涵泳，以大量精彩的作品实现了"在碑学上扎实基础，牢固根本，而后逐渐化入行草"继而修成正果的理念。对书法创作和研究者而言，王澄先生的这些思考与著述是一个丰富博大的宝藏，也是一盏指路明灯，发前人所不及之论，启后人所易失之微察。

歌德说，在限制中才能显出大师们的本领，只有规律才能给我们自由。"过早地表现创造和追求个性，而不注重传统功夫的训练是可怕的"——王澄先生对书法习练的这种观念，也适用于他所喜爱的诗词创作。

在《格律诗入门简要》中，他以简明扼要的语句将格律诗的押韵、平仄、对仗及粘对、句式、拗救等问题清晰地信手拈来，将如何写好格律诗相关的复杂深奥的技巧说得明明白白，是诸多长篇论及格律诗创作的文论所不及的绝佳参考。

《棚下曲》《半禅堂选集》《道者不处》《王澄古稀集》等著作中收录了王澄先生大量诗词。和讨论书法创作的严谨客观不同，这些诗词里有为其山水画创作而写的题画诗，有与朋友、学生的酬唱，其中不少以同一词牌、次韵等形式所做的诗词，平仄用韵极为讲究，修辞用典随顺雅净，广阔的历史背景和丰沛的情思穿梭其间，如不是日日浸淫在古人的诗文情境中，必然写不出这许多别出新意的作品。一纸丹青，书写的不仅是胸中的意象，更承载了一位当代雅儒内心世界的时空际会。这种文人士大夫独有的书法心性，不仅体现在王澄先生遣词用字的功夫上，更体现在他的音乐和绘画作品中。

2013年，宏尢集团拟将位于郑州市七里河畔的同文大厦上的一层楼用作公益陈列，王澄先生亲自策划，历时五年，2018年国学博览馆正式开放。在展厅入口处陈列的放大的中华二十八先哲像，敦厚儒雅，神韵高古，很少人猜得到，这些人物画竟然出自王澄先生之手。当时到先生的工作室拜访，看到他为了画好这些大名鼎鼎的古圣先贤，正愁眉紧锁，及至画成，先生已添了许多白发，正如志军兄所言"若非心入圣域，艺臻化境，焉能刻画如此许多庄严亲切之妙相？暮见先生，旬月之间，鬓发皆白"。

的确，在筹划国学博览馆的这五年里，先生呕心沥血。浩瀚如繁星的经史子集任谁都望之兴叹，虽然有炜弢和志军两位才子担纲，但所有陈列所用文稿，及其所涉及的古籍经典，先生无不一一核实斟酌，厚厚的打印材料一册胝反复修改，淹没了画案也占用了大量时间，但先生不以为意，时常因个别问题在不同大家的阐释中相左而多方求证。这种极其谦虚又虔诚的问学态度，来自一个真正的学者对传统文化的敬仰和崇尚之心。

也正是这样的由内而外的对国学文化的勤苦淬炼，让王澄先生在不得不提笔画下二十八先哲形象的时候，已经完全融入了他们的精神世界。二十八先哲的形象造型也许没有人们想要的那么完美，却不乏特别精彩的神来之笔，比如庄周。大概是我之前写了几篇读庄子的心得，看见王澄先生画的庄子形象，每每暗自赞叹，那低头掩笑的顽皮和玩世不恭之下潜藏的智者谐趣，简直就是《南华真经》里走出来的庄子本人，以神写形，概莫如此。记得当时写庄子的时候，发给先生的第一篇文章就受到他的鼓励，其后几年再读庄子，才觉得最初写的文字太过浅薄，他却勉励我不必为此纠结。无论是积累学养，还是在专业上精进修行，王澄先生所笑谈的"细雨骑驴入剑门"好过乘着"宝成线快车"追逐流光溢彩，都在微言大义中流露着他真诚治学的处事原则。

很多时候，读书与闲谈，往往是最好的学习方式。

有一次聊天时，先生无意中讲起金文，提到鄂君启节，盛赞其设计巧妙，构图布局和字形之美冠绝吉金文字之首。惭愧自己的孤陋寡闻，我上网搜索相关图文，发现流传的错讹之处颇多，于是写了一篇《鄂君启节迷思》，由此深入了解到春秋战国时代的青铜器发展史。而炜燹则从书法创作的角度反复琢磨，以意临其风姿绰约的华美韵味为趣，写出不少佳作，对此先生皆给予支持。无论是炜燹后期走向更加当代前卫的艺术创作风格，还是我的疏于临池，他都从不苛责，对大家不同的秉性也都抱以宽容的态度。而我们也在这些散漫的闲谈思索中不断重新审视被忽略的传统，从中获取新的灵感源泉。

每年春节，王澄先生都会出一个上联，让大家对下联。这不仅是以传统文人的方式打开新年，更是给了各个不同行业的弟子试炼文字的机会。对联创作看起来字数不多，却大有乾坤，集装饰门楣与凸显主人文化素养于一身，也是微型的诗词游戏，要写出好的下联必须和上联字性一致，数字对数字，量词对量词，平仄合韵，意境浑融。但是要想在众多下联中脱颖而出，成为最般配的那个答案，必须是神来之笔，所以往往写对联容易，对下联难对。每当此时，搜肠刮肚地抽空写对联，就成了大家不得不完成的春节"作业"。而每年春节前的大聚餐，最隆重的就是颁奖时刻，王澄先生会公布被选中的下联，并将这副对联写成书法作品奖励给作者。此外，还会评选几个优良作品，一般会写个横幅或小品予以鼓励，新年墨宝，众人同乐，无论是搞书法美术创作还是忙于其他日常俗事，都在新年到来之际过了一把文字游戏的瘾。

除了书法绘画，音乐也是王澄先生的一大乐趣。每每有谁的诗词引发先生歌咏兴致，必遣曲以抒胸臆，当然其中也不乏先生为自己的诗词所谱的曲子。其实中国传统艺术门类中最早出现也最早成熟的就是音乐。六艺之首，就是鼓吹。音乐不仅奠定了礼制规范，也与天文历法的形成息息相关，河南博物院所藏的距今七千三百年的贾湖骨笛，就是用鹤腿骨制成，早在唐朝的太史令记载中，就有以骨笛填葭莩灰以观气望候的传统。西周采诗，至孔子修订诗三百，原来都是歌谣，有的还是祭祀专用的官方礼乐，及至后来唐诗宋词元曲，无不是歌之以诗，唱之以咏。只是今天我们读书读史的时候丢掉了文学的孪生姊妹——音乐，所以完整的中国文化，绝不仅仅来自文字传承，它应该是有声有色，由有情之人书之写之唱之。

王澄先生作词作曲的《长歌未竟》一书，曲风多样，也多根据词意赋以相协的旋律，有悠扬如樵夫沉吟的《杖藜行歌》，有空灵如秋水微漪的《慧灯》，有为祖国航天事业壮怀凯歌的《尧天》，更有最初所写也最饱含着王澄先生深情的《妈妈，看到了吧》。记得有位师兄曾特地给先生送来福建某地的芋头，据说这种芋头一年仅一季，产地面积很小，但王澄先生没有收。大家都知道他爱吃芋头，却不知那寄托着母亲对他的舐犊深情的童年记忆。在母亲一人养活一大家子的极为困难的时期，望着儿子眼巴巴看着集市上卖芋头的小贩，母亲硬是凑出钱满足了他小小的心愿。多年后，物质丰盛的时代早已冲淡了大多数人对过往的感念，但先生的心里却永远铭记着一个伟大慈爱的母亲在那特殊时期能给予他的最宽厚的爱。

一个学者的学问之道，与他的情感世界有什么样的必然联系吗？钱穆先生在《中庸新义》中谈学问思辨，说道："即学问思辨于此宇宙间之一切存在与表现之性与诚。因只此是善，外此乃更别无善。"

至诚之道，可以前知。

所有读书而得的学问，因学问思辨而立行、立言的根本，是至诚。在至诚之道即是宇宙善知识的全部这个共识方面，是儒家道家佛家典籍中都认可的基本法则，"仁人不过乎物，孝子不过乎物"（《礼记》），这个"物"既是学问思辨格的"物"，也是文章诗词、书法绘画、音乐戏曲舞蹈等一切艺术形式所展现的实在，要在真实的宇宙与人生间行走，就必然选择一条无须被世俗功利认可和了解的至诚之路，这不仅是一个艺术家、一个学者、一个通识了世间道的智者的选择，也是所有历史上如泰（太）山遗落人间毫芒般的先贤的选择。无须问路在何方，"果能此道矣，虽愚必明，虽柔必强"。

编写这本书的时候未能见到佩甫兄，听说他近来身体欠安，在医院的时候多些。我第一个念头居然是，阅尽江河湖海，佩甫终于可以放心地去生病了。

在我遥远模糊的记忆中，佩甫有说过这样的话，视写作如同挖掘深坑，种好庄稼。不管回忆准确与否，佩甫写作的身体形态，在我心里一直是个弓腰挖山者，而且他在挖土的时候，也把自己堆砌成山。

佩甫永远是个面容凝重的思考者、负重而毫无犹疑的前行者，他的痛苦永远是他感觉自己的脚步会发生迟滞。佩甫是为文学而生的，当然，佩甫也是生活的智者。

所以在张宇、杨东明、郑彦英等等我们几个中，佩甫走得最远。

孔会侠能够给李佩甫书写评传，也是一个了得的事情。因为评论家批评作品是一回事，写评传是另外一种态势。恰如孔会侠说她写李佩甫，是因为她"要从他的作品和人生，找到一种生命经验的类似，性格与精神上某些方面的类似，或者说是尽可能想让自己未来的路，朝着他的精神、他的生活、他文字中体现的思想的方向，尽可能地去接近"。

这是一个严肃命题，孔会侠似乎做到了。

——齐岸青

李佩甫：读书改变的人生轨迹

文｜孔会侠

李佩甫 ｜ 1953年生于河南许昌。作家。曾任河南省作家协会主席、河南省文学院院长。主要作品有长篇小说《生命册》《羊的门》《平原客》《等等灵魂》《河洛图》《李氏家族》等，中篇小说《黑蜻蜓》《无边无际的早晨》等，出版《李佩甫文集》（十五卷）。长篇小说《生命册》荣获第九届茅盾文学奖。

每次谈到读书，李佩甫都由衷感恩。他说："是读书改变了我的人生轨迹。"回望佩甫写作之路的开端，确实如此。

1976年，佩甫技校毕业，顺理成章地被分配到许昌市第二机床厂。可是，这个刚当上工人的青年，却在年底写个短篇，寄给了《河南文艺》。虽然，修改后的稿子未被刊用，但佩甫的写作热情却鼓胀起来，一发不可收。不久，他作品发表，去省里参加讨论会，还被借调到南丁筹办的《莽原》杂志社当编辑。

前脚踏进工厂的大门，命运之手就把他拉到了另一条更合适正途的起点，看似偶然，其实是必然。这是从童年起就热爱阅读的孩子，在岁月中悄悄准备好的志趣发力了，自然而然地把自己推到作家这个位置上来。

一个终生勤勉诚恳的学习者，会是时间愿意帮助的人。

生活还有另外的样子

佩甫记忆清晰的第一本课外书是《说岳全传》，那是小学三年级时，他在姥姥家找到的残缺本。如饥似渴连蒙带猜地阅读后，他对文字世界的好奇与向往浓烈起来。后来，他用螺丝糖、酸杏、橡皮或者从姥姥家带回来的蝈蝈笼，跟一个同学交换书籍看。同学的父亲是清华大学毕业生，家中藏书丰富。在夜晚的煤油灯下，佩甫大量吃进能找到的精神食粮，连环画、"三红一创"、《三侠五义》、《聊斋志异》、苏联文学作品……偶然，他还能读到一些英法中短篇小说。在这些书当中，佩甫最难以忘怀《古丽雅的道路》，作者是苏联女作家叶·伊林娜，译者是著名儿童文学作家任溶溶。下乡当知青后，劳动强度大，但佩甫对文字世界痴迷不减，他贪婪地扫荡完其他知青带的书，甚至包括《护理学》，实在无书可翻了，他就工工整整地在本子上抄《新华字典》。

这一阶段是生命中无可替代、具有铸型作用的岁月。那些经阅读而来的信息，不知不觉渗透进少年的头脑，充实、塑造着他的精神世界，初步形成了他的思维观念和对应然世界的构想。

佩甫的小说世界，有一个理想社会的基本图景作为底色（或者参照），是他审视社会现实、批判人性人情的标尺。这图像难以准确具体地描述，但有几个核心特征清晰可辨：社会运行公正、平等、仁义、有序，人们活得衣食无忧，友爱互助，有尊严，讲道德，愿奉献（这是不知不觉浸入他骨血的儒文化）。因此，佩甫的小说，紧贴时代变迁的中原生存是主要叙述内容，但呈现实际生活之外，还写出了延伸出现实的可贵部分，那是佩甫对应然世界的思索和探望。这是他小说的关键意义所在：心存应然，寄寓文中，以期产生照见、更正现实的力量；反映现实，不止于现实，还有他对现实的否定、进一步建设的谏言和希冀。

最明显的例子就是《城的灯》，刘汉香是他在中原大地高高挂起的精神灯塔，四射出耀眼的精神光芒，照亮了一大片灰暗中的乡村。李佩甫更渴望的，是照亮每一个翻开书页的读者。刘汉香这个形象，就来源于早期阅读经验，比如古丽雅，比如王宝钏。

小说是我越来越喜欢的文体，它容量大，空间相对开阔自由，作者可以虚构出多于、好于现实世界的部分，可以置放进时代匮乏的宝贵东西，还可以收藏作者的思想、情绪和隐秘心事，可以曲折地借尸还魂，说出不宜道来的态度和判断。

知道了文学的高度在哪里

试想一下，如果佩甫这代50后作家们，没有在1980年代吃进山一样压到面前的外国文学作品，他们的创作面貌会是什么样？

　　1980年代是中国作家的黄金阅读期，他们张开所有的毛孔，吸收西方不同世纪的文学作品和大量哲学、心理学等方面的文化营养。但丁、歌德、拜伦、卡夫卡、托尔斯泰、艾特玛托夫、米兰·昆德拉、马尔克斯、博尔赫斯、贝克特、尼采、弗洛伊德等蜂拥而至，佩甫应接不暇，大口吞咽着成分繁杂的"洋面包"。尽管，他那时感到消化起来有困难，但是，他知道了文学的高度在哪里。

　　知道了文学的高度，就有把创作放进去衡量的坐标系，不会因一两篇文章受到好评而知足自得，志存高远眼里有峰顶的人，知道每一行文字都是向上的阶梯，唯步步踏实着走，坚持不懈。

　　文字的上行，靠堆积作品量行不通，主要靠认识的不断提升。1980年代，佩甫跟同代作家一样，边借鉴摸索着习作，边苦苦琢磨自己在基本问题"写什么怎么写"上怎么做，自己要在文学版图的哪里嵌进个人的独特存在。这个过程不可省略，很痛苦，考验人、折磨人。后来，佩甫产生了自己的领悟："思想不能掉下来"，"让认识照亮生活"。这让引领、旁观他们这代作家成长的南丁心里暗暗称赞："别看他不吭不哈，寡言少语，却有心计，有大志，内秀呢。"

　　创作的核心是认识，认识的境界决定作品可能抵达的高度。阅读——阅读书籍、阅读世事，然后专注思考，是形成认识的途径。后来，佩甫大量阅读历史类、社会类书籍，还大量看地方志，凡是能找到的都认真看，是在自觉将阅读面积扩大、深化而间以大量行走，以不断丰富经验、提升认识。

　　1980年代末至2000年之前，佩甫写出了长篇和中短篇代表作《金屋》《羊的门》《黑蜻蜓》《无边无际的早晨》等，追根究底地将人的生活与历史、社会之间的生成关系，以"植物/土壤"来寓言，塑造出了映射中国生存规则和时代发展风潮的典型人物呼天成、杨如意等，让人至今感慨唏嘘。

因为文学作品可以是"镜与灯"，能体现出"人类想象力及精神生活的高度和极限"，所以，尽管佩甫这些作品已经引起广泛讨论和大量肯定，他还是紧张，高度警惕，他希望自己的文字能保持在线上，不要下落。他知道，文字滑下去容易，再上来困难，要付出许多心力，还不见得如愿。

凡事不能松一口劲儿

写到经验消耗和叙述可能都用得差不多时，作家就到了瓶颈期，作品难以创新，而读者因为对他们的接受和信任，反而加高了期望值。这个艰难的尴尬境如何突破？

《羊的门》后的佩甫，就和同时代其他50后作家一样，遭遇了不同程度的瓶颈期。他们八仙过海各显神通，希望能顺利度过。有些作家大幅度扩展写作的经验范围，努力维持作品持续发表或出版的在场状态，但能提供的新东西少之又少；有些作家努力学习和思考，更加沉静专注，让自己无论如何始终保持"学习—探讨—发现"的良好状态，期望获得新的能量，冲过这一关。

"凡事不能松一口劲儿"，日复一日地自我砥砺、不断生长，突破写作上的难关，才会有可能。

新世纪之后的佩甫，从对历史、社会发展与人们生活关系的追问，过渡到了对命运的追问。当记忆中耳闻目睹过的人事儿在心中来回翻腾时，他渐渐觉得，环境与人的关系也并不绝对，有些事情，不在因果链条的解释范畴。有些人的遭遇，前后关系明确清晰；有些人的，却不合逻辑，难以理喻。困惑越来越多，他开始大量钻研关于命相的书籍，可将书中的信息和记忆中的具体人对照着琢磨，却难以印证。他"像是得了魔怔，完全陷进去了"，困惑有增无减。怎么解释呢，这命？

《生命册》就是在这个过程暂时落定后的追问。尽管仍然是中原人的时代生存，但他着力的重心，不仅是环境与人的关系，而且细述了许多人在长及一生的经历中真实有力却难明所以的生命状态或者命运。是为《生命册》。

从《羊的门》到《生命册》，其间的转移虽然不彻底，但佩甫在调整和突破上付出的努力，可以想见。

佩甫的写作，得益于他能专注，少旁骛，肯下功夫，许多在别人那里轻易能挂碍、诱惑或逼压的东西，在他这里不好发挥作用。不甘流俗，不能懈怠，尽可能让创作上需要的时间精力得到保障，就会在处世上难以周全（有时，人情交往中大家以为应当、正常的日常温暖，可能都会给不起）。

不能两全，有得有失，从来都是。想清楚了就好，有什么呢？

近些年来，佩甫多次强调阅读的清洗作用。我猜，或许是越来越多为谋生不讲吃相没有底线的事情，让他强烈感到，重视生存和实际利益的人们，已经让大家的共生空间灰尘弥漫，很难找到"一片叶子是干净的"。因此，读者认为《生命册》中的吴志鹏并非和呼天成、刘汉香并列的典型形象，但佩甫对他格外重视、情有独钟。他觉得吴志鹏是"通过大量阅读，通过知识不断清洗自己，认识自己"的人。

阅读之于佩甫，早已经内化为生活习惯，内化为生命需要了，像柴米油盐一样。佩甫已切身体会到《诗经》说的"如切如磋如琢如磨"的重要和美妙了。阅读，增长知识、丰富调整思想，甚至助力写作，都是其次；阅读的终极，是为了善化携带着不堪人性行走世间的"无毛两足动物"。那些封存着人类顶端智慧的经典书籍，字字句句都是负载着如此希望的谆谆教诲。

但是，不听让真知灼见的存在好似虚无，不信或表演性的嘴上信，让慈悲劝诫和老实较真人一样，沦为社会中被冷落、被歧视的愚人愚言。孔子如果站在现在的人群中，特别满意地赞许自己"学而不厌，诲人不倦"，特别天真自得地宣示自己"朝闻道，夕死可矣"，很可能，随便谁接上一句，恐怕都是"傻吧？脑子没病吧？"

写到这里，不由想起佩甫在《文学的标尺》中的心声："文学是社会生活的沙盘。作家面对急剧变化中的社会生活，我们思考的时间还远远不够。当一个民族的作家不能成为一个民族思维语言先导的时候，是很悲哀也是很痛苦的……"

俊杰老兄在我心里边总像是一本大书,而且厚厚的,属于硬皮精装的那种。这不仅仅是因为他身形还算伟岸,声若洪钟,还更在他的脸上总是呈现一种包裹世态万象的笑容。

除了笑容,印象极深的是俊杰兄温和而又可见锐利的眼神。20世纪90年代,我因为商务经常出国,也是怪了,平日里在文联机关未必撞见周公,在异国他乡却和他数度遭遇。回来时,我们相互展示过各自的摄影作品,望着他的图像构成,我的东西都可以扔进纸篓里了。我有些愤懑,面对同样的景物为什么这么地不同样?差距咋就这么大呢?周俊杰不知道是出于厚道还是来自狡狯地笑,他说:因为我们看的角度不同。

我这辈子没有成为摄影艺术家,周公算是始作俑者。当然这以后还有很多摄影家对我的打击,我可以列出一串名字……这样的悲催我还是记得的!

在我眼里,俊杰兄是和我一般的年纪,因为我总是觉得他风一样脚步来去匆匆,给你生机勃发的崭新意象。意识到他的年长,也只是孙荪先生每每称他周公时才给我的提醒,周公又是深厚的、坚持的。譬如书法是生命的,譬如文字是需要敬畏的,我们所有的书写都是来自我们的文化根脉和思想跃动。

在这个意义上,孙荪和周俊杰两位先生息息相通。

——齐岸青

周俊杰 提供

周俊杰：好酒喝到微醺时

文｜孙 荪

周俊杰 ｜ 笔名鲁岩，1941年生于河南开封。书法家。曾任中国书法家协会理事、学术委员会副主任，河南省书法家协会名誉主席。出版专著《周俊杰书学要义》《挥云斋荟要》《书法美探奥》等多部。

　　周俊杰把自己的书室号"挥云斋"，好像是他收到过诗仙诗圣的赠言一般：一为李白"兴酣落笔摇五岳，诗成笑傲凌沧洲"，一为杜甫"笔落惊风雨，诗成泣鬼神"，挥云斋其志其书颇合先贤胜意，亦可因以意会其在当代书法中之价值。

　　周俊杰虽少逢书学式微时代，却生于书学深厚之乡，童蒙拜师学书，青年矢志翰墨，盛年弄潮于书海，终于立新峰于书山，毕生专精书艺，以书为乐，乃一以书法为生命之纯粹书法家也。

　　可让我写周俊杰时，倏然跳出来的却是好酒喝到微醺时的场景。不是因为他的书法，而是酒成为我对周俊杰最鲜明的强烈意象。杜甫在《饮中八仙歌》描述的是饮中八仙的醉态各异，却全无醉生梦死的消沉气息，洋溢着自由潇洒的豪情意气，实际上为刚健潇洒的盛唐气象传神写真，同时也洞开了独立洒脱的人格精神与艺术创造之间的伟大奥秘。

　　周公俊杰亦有此风。

馥郁酒香醉书法

　　周俊杰之好朋友好酒，好酒好酒量，在圈子里是有相当高知名度的。周公曾言："敝人虽不嗜酒如命，却也稍喜杯中之物。"事实诚如君言。周公乃一性情中人耳！

　　当然周公风采少见于酒场，好酒之风的信息更多还是藏于他的书法作品。

　　周公书法作品的内容极其丰富，这种丰富既是其渊博学问和深刻人生体验的自然流露，也是他刻意选择惨淡经营的结果。周俊杰作为文人的淑世情怀，或行万里路读万卷书中的心得里，有关酒的内容话题不断，酒与人生、酒与艺术的直抒胸臆之作更是很多。

有几联最能道出周公心底意趣、胸中襟怀，几乎成为他的座右铭。一曰"书魔附体，酒意招魂"，二曰"凭君满酌酒，听我醉中吟"，三曰"诗酒皆仙吟魂醉魄归何处，江山如画月色涛声共一楼"，其他如"风骚有百代，诗酒趁年华""狂来轻世界，醉里得真如""曾因酒醉鞭名马，生怕情多累美人""十分春色浓如酒，万里云程妙若仙"等，都为周公所喜爱。常叫人想谪仙风，这是周公的一个情结，豪放派的诗词文章成为周公笔墨的"神雕侠侣"，为周公所"极喜之"。

周公曾在"书魔附体，酒意招魂"一联旁写有一段独白："余平生爱书嗜酒，皆成癖也。中年以后以书法为业，沉醉于斯，终日生活在黑与白之间，如魔附体，大有赵壹所描写汉代书家之痴迷状也。常于挥毫之间，伴以美酒，瞬间即进入创作最佳时机，故自撰此联，并书以寄情也。"

正是真实的人生境遇和理想的人生境界，使周公一遇到古今此类独具慧眼慧心的诗词、联语、名句，就视同己出，抓住不放，以借人家之酒杯浇自己之块垒，或者独出机杼，自铸新词，致使林林总总，蔚为大观。

周公与酒的关系是在生命里，所谓酒意就不是字面上是否写酒，而是字里行间洋溢着郁郁勃勃的生命气息。

古人有言，醉翁之意不在酒，在乎山水之间也。我们说酒之意亦不在酒，在乎生命状态也。周俊杰既不是"与尔同销万古愁"的怀才不遇、愤世嫉俗者，也不是具有病态人格的嗜酒成性的瘾君子，而是书法家中之豪放派。其人格精神中的豪情豪气，化为艺术家的浪漫气质，进而创造出具有豪放风格的艺术生命。

说句有点玩笑意味的话，周公在酒场上的卓越表现，与周公在书法艺术领域的卓越表现是一致的。前者是后者具有绝妙象征意义的日常版本。二者一以贯之的是其雄强刚健的生命状态。

雄强大气铸真魂

书界对周俊杰的作品在书法艺术和技术上有许多极其精到精妙的评论，我只能说说自己的整体感觉。

在书法创作上，他是深入传统，甚至可以说是古典主义；同时又跳出传统，力求创新。

周俊杰总结自己的路径是"上通篆分诸碑知其源，下观汉瓦晋砖备其法"。博涉多体，转益多师，在真、草、隶、篆诸体皆备、诸体兼善的深厚功力基础上，熔铸于隶书和大草创作，形成具有鲜明个人风格的"独家体"。

周俊杰书法的雄强大气，为书界共识，这是一种文化的雄强大气。周公隶书厚重沉着之风神，龙骧虎步之气象，大草雄浑奇逸之姿态，涛动云飞之气势，约略让人想起作者在酒场上那一点贵族气、英雄气和绿林气来，进而更想到那千古名句所描述的君子精神："天行健，君子以自强不息；地势坤，君子以厚德载物。"

在周俊杰的隶书和大草乃至狂草作品中，我特别感到那种由成熟而生之从容自信的大气，狂而不暴，草而不率。笔墨的雄强如果没有文化精神的澡雪，是会成为暴力式的恐怖形象的。

周俊杰喜欢书写"铸真魂"三字。他在传统的"象形"及"意象"说的基础上提出了"魂象"概念，他告诫说"从艺者心中无魂，仅取表象，则无从进入更高一层'道'也"，并且宣布这是自己的艺术观。这就进一步提出吸取传统的精华，是一个寻找与自己灵魂相契合的对象，灵魂之间相碰撞、相交流、相糅合的过程。这显然也是他自己经验的总结。

书法望之至简，入之弥深。书道通于天道地道人道，古今贯通、诸艺会通、道技互通，方能融通于心中腕下。为书者而不囿于书，亦为耽读史哲之学者，娴于诗文之作者，遍览天下之游者，善于参悟之思者，周俊杰终成书法之觉者。褐橥新古典主义，以高扬人的主体精神为书法艺术之本性，以与汉唐雄强博大之气局相呼应为书法复兴之主流，以酣畅淋漓而蕴蓄雅韵为艺术风格之追求，创新需要勇气，而成功在于智慧。敬畏传统，取法乎上，每有心动辄深入延展；善待探索，取精用弘，一点会意则为我所用。灌注生命之气，引发不群之思，挥云以取势，大风歌豪情，分墨色以汇汪洋，借稚拙而逞恣肆，调笔锋以出错落，越平正而追险绝，狂而不野，开张有度，积健为雄，蔚为大观。因乎此，周俊杰久居内地而影响及于海内外，年事渐高而创造力不减，新意迭出高潮时见，诚可谓根深叶茂艺术之树常青者也。

鹤立书坛根基深

周俊杰由其大量卓尔不群的书法作品而为书坛大家，早已获书界共识。但周俊杰在书学理论上的作为，更是一道特别的风景。周俊杰是书法家，更是学人，一个学人书法家，一个书坛的思者。

对中国书法复兴他是具有先知先觉意识的人。这既来自他对书法艺术创作的深刻体验，更来自他对书法本体的考察和理论探索。

从1989年提出"新古典主义"主张以来，他以三千年中国书法的资源为对象，写出皇皇巨著《周俊杰书学要义》和其他著作，在书法发展战略走向、书法的本体理论、书法史观，乃至书学理论体系建设等方面，不间断地引爆书法理论和创作的新话题。

周俊杰所有理论话题有一个内核，叫作生命意识。周俊杰以此建立了自己的书学理论基点。他吸取艺术哲学中的生命意识、酒神精神于书法创作，打开了新的思维空间，为传统的书法理论提供了新的语汇。书法创作不仅不是冷漠的抄写，甚至也不仅是审美活动，而是精神的外化、生命激情的运动、灵魂风雨的展现。

周俊杰把书法艺术的本质界定为个体生命的表现形式。书法活动是寻找精神家园的诗意旅程。书法创作，是以笔墨线条这种最简单的因素创造的最抽象的艺术，却是创造生命的奇观；书法接受，则是生命对生命的挑战、欣赏和碰撞；而一部中国书法史，则是一个有机的生命流程，有其童年、青年、壮年、老年乃至凤凰涅槃式的生生不息的过程。自然，书法作为艺术创造，其根本在于张扬书法家的主体意识，高扬主体精神。

在这种生命意识指引下，周俊杰十分重视传统的价值，那是因为传统不是僵死的，而是有生命的。一个创造当代新的艺术形式的思路形成了：在现代意识观照下，与"童年"对接，以具有原始意味的艺术璞玉为资源，提炼率真自然的童稚之美和清新阳刚的生命力度，以焕发新的生命。这是融汇古今，以复古为开新的睿智主张。

性格热情奔放的周俊杰是激情而富有创新的书者，还是一个冷静睿智的思考者。

好酒喝到微醺时

说到这里，我要回到本文的标题"好酒喝到微醺时"。整体来说，当然是在比喻或者象征的意义上使用这句话。酒和文学艺术、酒和文人的不解之缘，在于他们之间确有一个共同点，都是对展现天性的自由天地的寻找，对激情状态的寻找，其大要在精神而非物质。周俊杰上面说到的书法创作"亢奋的那一刻"，即"微醺时"也，即"长期积累偶然得之"之一刻也，即登山"将至顶峰"之一刻也，即"心中境界"已出、专等"腕下功夫"之艺术创造最佳时机也。

拥有艺术创作这样的时机和状态，是需要培养的。周俊杰有一联曰"养浩然之气，极金石壮观"，这是周先生书法生命理论的更精练表达。所有的努力，读书、历练、磨难、欢乐、思考，天时、地利、人和，都凝聚为艺术家的浩然之气，以打通天道、人道、艺道，才可能有真正的艺术创造。周俊杰先生的成功是证明，更是对大家的启示。

周俊杰曾坦言"一直在冷静地做有点野心的事"，这个雄心勃勃的人用这样平淡的两句话设计自己：理论上有一两个论点被人记住，创作上有一两种风格被历史认可。内行者知道，这是一个低调而至高的艺术目标。考虑到周先生不同寻常的体力、精力和艺术追求精神，其艺术创造正处于第二青春期，说他正在走向经典成为这个时代的书法大师候选人，也许不算过分。

我以为当代书坛具有完整美学体系兼具时代精神与个人风貌创作之完全书法家，挥云斋主也。

　　1980年代，刘先琴作为中国青年报社的记者到洛阳采访，那时候没有吃喝接待的规矩，她就在招待所自己就餐，我在机关食堂吃过后去接她，陪同调研。就这样认识了，她是个清纯未脱的姑娘，我也年轻！

　　后来她和我的发小冯宛平结婚，我也调回到郑州工作，住在一个院子里，路遇，没时间，招手微笑一下，有时间，就站在路边聊一阵儿。经常见她轻盈飘过的图景，又眼见着她挺着大肚子来往晃悠，因而读过她思念远帆的深情文字，也为她生命延续欣悦过。生活就是这样有悲有喜……

　　那些年，煤气罐是有数量限制的。我家只有一个，一用完，便有断气的间歇，记不得她是怎样多了个计划外的，她便有些吃力地用自行车给我推来一个。

　　我与一些号称文人和经济学者的人物去她家吃饭时，宛平基本负责发表演说，她负责默默张罗。我们一般是骑着自行车去的，出来时只具备推车的意识——喝多了！

　　别人写刘先琴容易记录事件要闻，我的回忆却常常是这日子的琐碎。有时候回忆远了，会回到"文革"的日子，宛平和我的父母都不能在家，宛平有自己的房间，我就经常猫在他那里，一起干着那个时候孩子干的事情。怎么也想不到，捣蛋的冯宛平，后来会成为河南乃至中国当代商业经济研究和实践大书里的一道光芒。

　　日子就这样一天天过去了，还没来得及活明白呢，个人的阅历已经可以写成很长的简历了。人生况味，甘苦皆存，我给先琴说，也许哪一天我会去写宛平，写写方风雷、胡葆森、杨松林……这些河南经济的拓荒者，写我们这一代人真实的存在和情感。其实也可能不需要去说太多，我们生活过也就是了。

和先琴一样，青青的职业也是记者，但她本色是个诗人，著作颇丰，还斩获不少让人羡慕的奖，记忆里曾很惊叹她的一首写列子诗：

> 一个人对风模仿
>
> 模仿久了，自然也会变成风
>
> 这是个危险的事
>
> 风在立春日步履缓慢
>
> 梅花不经意的一瞥
>
> 洞里的人猛然惊醒
>
> 九年入定，世界已经变得温暖
>
> 必须起飞，一念之差中的虚无
>
> 正在席卷中原

从列子到达摩，很像我们的一些生活。

——齐岸青

刘先琴：琴鸣大声

文 | 青 青

刘先琴 | 1958年生于河南淅川。作家，记者。曾任《光明日报》河南记者站站长，多次获得国家级新闻奖，长篇报告文学《玉米人》获得全国"五个一工程"奖。

她坐在花园里，高高玉兰树捧出白玉酒杯，她低低地捧着书，四周的紫叶李、山楂、月季、桂树都俯身向她，只有风调皮地掀动手里的书卷，鸟啁啾着从这棵树杪跳上另一棵树杪。透过别墅一楼的大玻璃窗，可以看到书房里的书一排排安静地出神。这让人羡慕的开放大书房，什么样的女主人配坐在这里呀。

齐耳短发，大眼睛带着笑意，说到开心处爆发出爽朗的大笑，兴之所至，她会丢下书本，在钢琴上为你弹奏一段熟悉的曲子；临别，不由分说，她会自己开车送远道的朋友回家……在她身边，你会发现她结实柔韧的身体里，永远燃烧着热情的火焰。

她就是著名记者、作家刘先琴。她的家位于郑州长青路的鑫园，这个四季有花的大院子自然成为文友心仪的地方。玉兰开花了，月季绽放了，山楂结果了……她把五颜六色带着露珠分享进微信群，"你们不来，这花就白开了！"于是，茶香书香在这里自然地融入花香，一如女主人的生命，幸运而又热烈。

楚国　龙昭寺　滔河　丹江水库　南水北调幸运的人

南阳盆地群山环拱，白河中流，老鹳河从伏牛山奔流而下，最后汇入汉水，进入长江。曾经产生了张仲景、张衡、岑参、冯友兰等名家。而刘先琴的老家淅川更是楚文化兴起之地，古称丹阳，楚国曾经的国都。楚国八百年的历史，有一半时间都在丹阳，四十五位楚王，二十三位都在淅川。在20世纪70年代，拦坝蓄水，这里碧波浩渺，成了亚洲第一大人工淡水湖。时光转至2014年底，这一泓清水通过南水北调干渠穿过大半个中国，流向华北平原，流向京津……

1958年，古镇马蹬的龙昭寺小学，一个面若满月的女婴降生了。

婴儿的母亲是个小学老师，听到女儿那响亮有力的哭声时，滔河水就从寺院不远处流过，*潺潺若琴音*，就叫她琴吧。

刘先琴出生地是南阳淅川一个有墨香之气的地方。龙昭寺小学院落对面，有一座被当地人称作笔架山的山峰。周岁"抓周"时，她面对一大堆好吃好玩的物件，抓在手里的竟是一支笔。真是命中注定，这一生会与文字有着不解之缘。大学毕业后，她先后在《中国青年报》《光明日报》河南记者站工作，她以文学笔法写作的新闻，受到读者喜爱，同时她成为当年央媒驻河南记者站里最年轻的高级记者。

刘站长、刘记者，但她固执地喜欢别人叫她作家。她的文字之缘是由那些从内心奔涌出的散文牵起来的。是一种什么力量激发自己掂起笔写诗和散文呢？是爱。好像自己是一条激荡的河流，不由自主地流向大地，流向远方。爱头顶的星空，一片碧波的湖水，想念淅川的小溪，溪边飞起又落下的白鹤，她写下了《梅溪水长流》《世外》《望海》等一系列让她文名飞扬的散文。

你觉得你是个幸运的人吗？她笑答，你真敏锐，还没有人问过这个问题。低头稍想，抬头还是她惯有的坦然爽快。"我最大的幸运是爱好与工作一致。让我愉快地工作，开心生活，永远保持热情。其次我人生的关键时刻都特别顺利，好像有神灵相助。"

1979年，南阳师专校园里，高音喇叭正在播放一篇发表在《人民日报》副刊上的文章《向着2000年》，二十一岁的大学生刘先琴挺着胸脯骄傲地走在林荫路上。那是自己的文章啊。她走过后，背后有人指点着：就是她，咱校的才女。她是学校名人，自1977年起，她连续在《人民日报》副刊发表了两篇散文，在《河南日报》副刊上发表了《伏牛蜜橘香》等诗作。改革开放伊始，春潮涌流，求才若渴。复刊的《中国青年报》到河南招募驻站记者，碰巧和当时的《河南日报》总编关涛说起，关涛强力推荐刘先琴。就这样，还没有毕业的刘先琴已经被推上了一个宽阔的写作平台。《中国青年报》鼓励创新，风气开放，在这样的氛围里，刘先琴如鱼得水，写出了《教授和他的女儿》等一批有影响力的作品，奠定了事业的基础。青年报对记者的年龄有要求，正当刘先琴刚刚为自己人到中年苦恼，又一个幸运的延聘信息来到了她身边。当时的光明日报站长在会议室叫住她：你愿意不愿意来光明日报工作？就这样简单，她在三十八岁这年，又成为光明日报驻河南记者站站长。别人的梦想，在她这里都是转身之间的现实。幸运之神真的特别眷顾她吗？其实还是她的才情帮助了自己。她第一次采访到新疆，半路上道路被冲毁，她只身一人下火车寻找机场，戈壁滩上航校的训练机送她到了采访地点；西昌卫星发射基地，她提前游逛发射现场，写出《广告爬上澳星》等一系列别开生面的科技报道；上海淮海路，步行赶往采访现场途中，一座喧闹的工地和俭朴冷清的一大会址对比中，写出自己的获奖作品；重大的全国"两会"现场，她起大早提前到大会堂，抢抓机会进入会议室，不可思议地记下两位国务院总理不约而同地谈起一个重大话题，灵机一动写下了获奖新闻；不离不弃跟踪专家到甘肃发现的育种新技术……她没有放过任何稍纵即逝的机会，写出一篇又一篇佳作。如果不是在大学期间倾心写作，在各大报刊发表散文诗作，也不可能得到青睐。如果在中国青年报不是那样敬业执着，也不可能顺理成章去光明日报。环环相扣的幸运，不过是她特别努力绽放了自己的才华的结果罢了。

新闻人　文学人　纠结　融合　新闻散文化

这么多年的文字生涯，刘先琴左手新闻，右手文学，自由游走在新闻与文学之间，历任河南省作家协会副主席，中国青年报、光明日报河南记者站站长。长篇报告文学《玉米人》获第十三届全国"五个一工程"奖，记述南水北调重点工程的报告文学《淅川大声》获首届杜甫文学奖。2001年获国务院政府特殊津贴。

"新闻写作与文学创作带给你的有什么不同的感受？""在新闻与文学之间，你纠结过吗？"刘先琴摆弄着手里的书，眼睛里掠过一道光。"是不同的愉悦。相比起来，新闻限制多，像戴着镣铐的舞蹈，而散文自由舒展，更符合我的天性……我无法说自己到底更爱谁。"

天性聪颖的刘先琴，在写作的实践中，让文学添彩新闻，新闻更加轻盈，完全实现了新闻散文化。而记者的敏锐又让她在报告文学这一领域里纵横驰骋，一绽芳华。

至今她还记得激发她自由写作的那件事。"我知道你，你的文章还能背诵过来。"那是她在中青报做了五年记者后，有一次在平顶山采访，身边小姑娘记得的是她的散文，并不是她倾尽心力写的本报讯。这结果让她既沮丧又兴奋。在接下来采访一个女大学生辍学回家办酒店，她故意放松写，当时心下想到：反正就这样写，管他们采用不采用……出乎意料的是，这篇通讯不像通讯、人物消息也不像人物消息的"四不像"文章，竟然上了头版重要位置。这让她得到了鼓励，原来新闻并不是缩手缩脚，而是可以放开写甚至借文学一些思维与写法。到了卸下包袱的时候，以往采访，满脑子都是"新闻视角"，新闻写作中的条条框框压迫着她，困扰着她，使她写新闻稿件时小心翼翼，不越雷池一步，让她总是处于模仿的怪圈里，把鲜活与创新关在门外。现在她的胆子大起来了。如同二月河流破冰而下，春水东流，她的笔下，有了爱哭的女强人（《流泪的女强人》），有了做好事得好报的"新雷锋"（《你我同行》），特别是1991年建党七十周年的那组"纪念地寻思"系列，把购物中心与一大会址对照而写，把一幅油画贯穿"梅园怀旧"始终，把可见与不可见的"蓝色大潮"包裹西柏坡……同行惊羡，问"你是怎么发现了这些角度？"其实她只是发现了自我，那个有着文学才华与敏锐心性的自我，把自我有机地融入新闻工作里，也探索了独特的"新闻散文化"的写法。

作家　记者　报告文学　端正　大气　跨界写作

"报告文学介于新闻与文学之间，能发挥我的天性，也用得上我的职业积累的素材。"她总是齐耳短发，能力和才情永远像她的苹果脸颊一样红润饱满，面对复杂斑驳的生活，始终可以做到化繁为简，以巨大的热情吞吐着迎面而来的一切，最终成为落在纸上的锦绣文字。

在新闻与文学之间不停转身切换，刘先琴最终找到了最佳的停泊地，那就是报告文学。报告文学天然地将新闻与文学嫁接在一起，结出艳丽的果实，报告文学题材的时代性，作家的认知与思辨能力还有史志的品质，恰恰正是刘先琴职业与文学天赋的优势所在。

她写获得全国"五个一工程"奖的《玉米人》，下了笨功夫，采访，采访，还是采访，走近这一大堆完全陌生的种子名称，走进广阔的田野，迈入河南鹤壁农科所，寻觅良种到达的松辽大地，从育种人才聚集的河南农业大学到国家科研院所，一步步还原主人公的人生轨迹，寻找他生命中最打动人心的故事。最后也走进了这位育种专家的内心。

程相文朴素无华，刘先琴面对这样的采访对象，睁大眼睛观察，时刻抓细节。她深深明白，写活一个人物，需要大量的细节，细节里面藏神灵。只有从细节里表现主人公质朴的内心与伟大的情怀。就像中国报告文学学会原常务副会长李炳银说的："《玉米人》是带有女性细腻观察体会和动情描绘的作品，在不肆彰显的质朴传递中，有一种内在的动人力量。"

后来，她写《张庄之问》《夏南牛之父》无不是如法炮制。省文艺评论家协会副主席李静宜认为，刘先琴的写作是有担当的写作，是真诚的写作，是跨文体的成功实践者。河南日报高级编辑高李丽用"直、端、大"来评价阅读刘先琴作品所带来的感受，"直就是正直，端就是端方，大就是大气。"高李丽说，"她的选题是贴近时代，贴近生活，贴近实际，贴近主旋律的；站位高端，叙事宏大，铺排饱满，思考缜密端正。"

还有专家认为，刘先琴写作还有一个明显的特点，那就是跨界。她的报告文学，既有诗的激情韵律和节奏，又具备事实的准确和记录。实现了文体的创新，文笔的纷繁，文采浓淡自如自然。跨界提升着她的职业成就，重塑着她笔下的文字。

一张从淅川那秀媚山水间走出的琴，在新闻与文学广阔空间里，奏响了一曲时代与命运的大声，南阳盆地的双栖之凤展开翅膀，带给人永恒美好与力量。

　　许多描写相新的文字，都会提及他飘逸的白发和红衣的构成，我的印象中是还要有深色的裤子，这也就算是流行色学中典型的香槟色，经典配置。

　　相新的沉静儒雅和鲜活生动，因此容易给人第一时间的印记。

　　相新因为偶然的遭遇，生活中体验过眼睛的混乱和片面，他因此给我们留下一本《复眼的世界》，可以有理由去唱："黑暗是如此美丽，一支短短的蜡烛就能将它点燃。"

　　对于生活，对于职业，对于世界，相新一直在用他深邃的目光注视，给我们呈现他独具的光亮。

　　这本书从筹划选题到敲定受访人、写作者、组稿采写、拍摄，再到审稿、版式设计和三审三校、印刷、出版，给的时间只有三个来月。因为临时调整专访人，碎碎也就成为交稿最迟的写作者，一直在焦灼中等待，终于……终于她没有让人失望，个人以为，这是迄今我看到的，写相新的最恰如其分的好文字。符合朋友对耿相新的认识，也贴近我对碎碎文字的印象。

　　后生可畏。

　　碎碎给读者送来了一个具有哲学家思想的诗人，一个具有史学家逻辑的出版人，一个书的信徒，一个生活的智者。

　　耿相新希望自己写的、编的书能够在书架上摆放二三十年，或者再长些。

　　生命，肯定会更久远！

——齐岸青

耿相新：书是生活和生命

文｜碎 碎

耿相新 1964年生于河南滑县。学者，出版家。出版专著《忽必烈汗》《中国简帛书籍史》《出版的边界》等多部。曾获首届中国出版政府奖优秀出版人物奖。现为中原出版传媒集团总编辑。

有多次，和耿相新先生一起开会，他讲话时声音低沉而有磁性，没有赘词。他略带迟疑的笑，他间或的沉吟与停顿，总能让人即刻进入他的思考，进入他的辽阔与深邃。你能在瞬间感受，这是有着无限的过去与未来的人。

他像博物架，像一所幽深的大学。那是被书卷浸润日久所特有的气息。

记得第一次见相新先生是2010年。之前听说过他很多回，因为他在业界的赫赫声名。那时他处于不惑之年，穿红T恤，早生华发，他的表情像他面前不停加冰的那杯喜力啤酒一样，恬淡无比。无论他谈起什么，无论别人怎么打趣他，他都如江上之清风，山间之明月，超脱自然，了无挂碍，以至于我无法把眼前真实的他与他的身份叠合起来。

他是自己的异数。静水深流，真水无香，一定就是他这样的。

记得那天朋友问起他在国外留学的女儿，他说孩子对历史和哲学感兴趣，以后大学要学这方面的专业。我们表示惊奇，90后的孩子，居然对这个感兴趣？问他是否支持，他说可以啊，我就对她说，只要是自己感兴趣的，你愿意学，都可以。

朋友说，学这个以后不好找工作吧？

他说，我跟她说不怕，只要你能一直读下去，读到最深，就可以了。那就不是找工作的事了。

听起来只是简简单单几句话，却能让人蓦然间感受到他的格局与认知。有那样的认知，才能承载一个不一样的自我。在他恬淡自适的表情面前，我看到了自己，以及很多如我一样在世事面前不知所措、患得患失、左支右绌的可笑。

此后常会在各种出版活动中见到他。他总是一袭红衫，或者一身黑装，再无别的杂色。像他的人一样简净。这些年他的头发由灰白而近雪白。那一头雪白没有让他显得苍老，却为他增添了一种明亮，一种力度。那分明是他人生厚度的说明书。

2020年8月20日，"中华文脉——从中原到中国"丛书新闻发布会在河南省政府新闻办隆重举办。相新先生是这一重大出版工程背后的重要操盘手、规划与实施者。计划非常周密和宏大：以十年时间，从文明之源、文化经典、文化名人、文化创造、文化黄河、文化传播六大板块，高起点、高标准地推出一百五十种书，揭示中华文明在人类历史发展中的地位和作用，提升世界广大华人以及国际社会对中原文化、黄河文化和中华文化的认知认同，以史为鉴，以启未来。

三年之后的2023年6月16日，"中华文脉——从中原到中国"丛书推介及新书发布会在北京国家会议中心举行，相新先生在会上介绍，丛书已完成出版二十三种，内容质量高，深受读者欢迎。其中著名考古学家王仁湘的《至味中国：饮食文化记忆》入选2022年度"中国好书"；《岳南大中华史：从北京猿人、三星堆到清东陵》多次重印，成为较具影响的畅销书……

有这样极具整体性的大手笔策划，这样立足于中华文明史的鸟瞰与梳理的全局性谋划，于相新先生来说，是他长于宏阔思考的必然收获，是水到渠成。

相新先生1985年从北京师范大学历史系毕业，那时他有很多选择：进机关，搞学术，做出版。他最终选择到中州古籍出版社做一名编辑。

这于他，是自然而又必定的选择。自此，书之于他，是工作也是生活，是物质也是精神，是生命也是心跳。他从校对、助理编辑干起，到编辑、编辑室主任，再到总编辑、社长……他还担任过十一年《寻根》杂志主编。有四年专职从事出版史研究，撰写《河南省志·出版志》。2011年后，他先后在中原大地传媒股份有限公司和中原出版传媒集团担任总编辑，也是股份公司和集团的第一任总编辑。他是开拓者。

他走的每一段路，都在书写荣光与辉煌。

1990年，年仅二十六岁的耿相新着手策划"中国边疆通史丛书"。此前，无论是范文澜、周谷城，还是郭沫若、翦伯赞，都是以中原的视角看历史，"我认为还应该站在边疆的角度看历史，把中国通史和边疆通史加起来，就是完整的中华通史"。历时十三年之后的2003年，这套丛书出齐，并于当年荣获中国出版政府奖，其中的《中国边疆经略史》获中宣部"五个一工程"奖。

他做大象出版社社长、总编辑时，主持策划、出版点校本《全宋笔记》。宋代笔记数量庞大，具有极为丰富的文化内涵和巨大的学术价值，弥足珍贵。最终，《全宋笔记》历经十九年方告完成：10辑102册，2266万字，收入宋人笔记477种。

这就是出版家耿相新的眼光和气魄。他看重传承。他坚持做有生命力的书，做能在书架长久摆放、经得起时光淘洗的书。

2023年2月，《全宋笔记》荣获第八届中华优秀出版物奖。

他策划、责编和撰写的论著获国家级奖项的不胜枚举。

2023年4月，第十四届韬奋出版奖获奖名单公布，相新先生名列其中。这是我国出版行业个人的最高荣誉奖项。整个中原出版界都为他深感荣耀。

有人说，耿总是总编中的总编。他一直是在人类社会、人类文化的宏阔视野中透视和主导出版。

担任中原传媒股份公司总编辑时，他在上任伊始，就对当时集团旗下的十家出版社做了集中的整合和定位。原来各家出版社的出版结构比较散乱，缺乏明确的方向性和市场竞争力，他根据各家出版社的原有出版资源和内容优势、编辑优势，提出每家出版社要在一两个细分领域集中人财物力，做出特色和品牌。他把这个整体规划命名为"双十计划"，梳理出的产品线有大象社的"文献中国""考古中国"，文艺社的"传记中国""小说中国"，科技社的"手工中国"，海燕社的"绘本中国"，美术社的"书法中国"，古籍社的"方志中国"，等等。"双十计划"制定实施十余年来，各家出版社在十几个细分出版领域已经取得明显效果。

这是一位总编辑的定位与布局，是他的前瞻与绸缪。他一直是站在全国乃至世界出版视野去做出版的。

相新先生的办公室里，桌上桌下，墙边门后，但凡有空间之处，都堆放着书，整齐有序。坐拥书山，是他最喜欢的感觉，也是他最沉静的时候。他对阅读的理解和实践也非常独到，值得每一位读书人学习借鉴。

相新先生认为，读书分为经典式阅读和浏览式阅读。属于经典的，需要不断阅读，反复去读，要读很多遍。在不同的人生阶段，有不同的人生经历和不同的情感经历，读同一本书会生出不同的感悟。

他的读书方式是这样的。一是纵向地全面地阅读。比如读诗集，他以《伊利亚特》《奥德赛》为开端，中文翻译过来的诗集有一千多种，好多版本他都买了，系统地看一遍，有几十个诗人的作品他会反复去读，他因此获得对西方的诗的系统认识。

二是他特别注重不同版本的阅读和比较。阅读经典尤其是中国古代的经典，他有一个习惯，会购买同一内容的不同编著校注作者、不同时期、不同出版社的不同版本，互相对比互相参照进行通读。比如《全宋词》，他先后购买过四个版本；苏轼词集，他先后购买了十多种版本。他把多版本阅读称为立体阅读法或复式阅读法，即以复眼的形式最大可能复活历史的方法。

"所谓复式阅读法，就是像蜻蜓的眼睛一样从多个角度去观察经典文本，最后勾勒出所观察对象的整体。历史与文本本身就是多元的、立体的，我们只有用多元去探索、去认识、去理解多元，才能对多元的世界得出更接近事实的认识。……作为后人，我们因为没有共生而缺乏对观察对象的感性，但也正因为没有共生，我们才可以获得更丰富的文献材料，更多同时代人的观察与思考、更多后人的研究与评论，这些不同的角度就是我们的时代的眼睛。这些不同的眼睛组合成我们的复眼，我们由此而更加理解所观察的对象。"复式阅读是相新先生的阅读方法，也是他身为出版家的"职业病"——他要从中揣摩感受如何使一个文本更好地抵达读者手中，做出更具文化传承意义与审美价值的纸质书。

其三，相新先生善于把阅读、研究与创作互相结合和转化。有三年多时间，他集中阅读了唐宋词作品、词学及其史料，词成为他生命的一部分。精深的词阅读之后，他惊叹于唐宋词人的审美情趣与格调之美，自己也有了创作词的冲动。那三年里他创作的三百六十首词汇集成了作家出版社出版的《窗外词》。"斜阳催自省。默然无语轻风应。仰天命。缓步望云归，任它泥与泞"，"有酒有书长伴我，古今横竖任阴晴"，他成为骨子里深受苏东坡、辛弃疾的意气风骨影响的隐秘词人。词，承载着他的感性与思绪，诠释着他对人生的思索，他与世间万物的连接。

2022年冬，全国很多城市都因疫情陷于封控与困顿，很多人都陷于悲观焦躁无法自我安顿的困境之中。相新先生居家隔离的成果是，他写了一首近千行的长诗《是之问》。

这首一万多字的长诗体量惊人，是他纵横捭阖抵达极限的追问，追问的深度与力度令人震颤。在历史与文化的长河中，他对现实、对真相、对时间、对自我、对语言的追问精骛八极，心游万仞。正如著名学者、诗评家罗振亚所说，他的诗是澄明世界的精神探险，"开辟出学人诗歌的题材新大陆，指向着哲学、科学、神话、语言、历史典籍、宇宙秩序等诗歌中少见的陌生空间。……对传统诗歌本体观念内涵构成了某种必要的补充"。

作为中原出版集团总编辑的他，所承担的工作量、需要参加的各种会议每天近乎满负荷，他要面对的事情千头万绪，他何以还能有那么大的阅读吞吐量，还能著书立说？他出版的著作有十余种，包括诗集、词集、散文随笔集，出版方面的学术专著；在2013、2017、2019年和2023年，他撰写的长篇论文《传统文化资源出版产业化前瞻》《出版的革命》《论按需型出版》《书籍的革命》，先后四次摘得中华优秀出版物（出版科研论文）奖桂冠。——他的时间都是哪儿来的？

翻看他的书，可略见一斑。

他的《汉籍西传行记》一书中有这样一句话："2012年10月2日经过十一个小时的空中阅读，终于来到了罗马。"

《窗外词》的跋里则有这样的记录："几乎每个夜晚，睡前的一两个小时我都生活在宋代的词句里。我以这种毅力——活在宋代，生活了大约三年时间，将繁体竖排五卷本《全宋词》通读了一遍，又通读了一遍周笃文、马兴荣编，学苑出版社出版的十卷本《全宋词评注》……"

熟悉耿相新的朋友都知道，所有双休日和节假日，都是他闭门不出、专事阅读写作的大块时间。如他所言，时间创造了因果，在因果的框架里，知识被不断地创造着、积累着。"追根问本以通古今之变，探原求因以穷历史源流"，这是学历史的相新先生的专业素养，也是他阅读与治学、研究相辅相成、成就卓异的奥秘。

他说过：书于我，就是生活和生命。

他也说过：书是上帝，而我，是信徒。

他是为书而生的人。

一个人的工作、事业、爱好和生活能融为一体，还有什么能比这更幸福呢？

写谢冰毅自然要先讲他的画作，画画是他吃饭的营生。你去随便百度下"谢冰毅"三个字，便知晓这天下关于绘画的溢美之词似乎都给了他，浩浩荡荡如一江春水，把个谢冰毅载立轻舟，风流飘逸于山川丘壑之间，左右前后皆是美妙去处。

添加不了再好的词儿了，也因为我觉得冰毅这个人的存在，比起他的画来得更加有趣。

平头，不顶重发，把脑袋对于发毛的责任放在嘴脸，这样使得他的面孔显得较为丰富，他处世的耿介也就自然而然有了形象特征。多年居郑，语音斑杂，说话时坚持保留些开封话里声调上扬的色彩，既充分了四海兄弟的格局，又兼顾了故土情愫大宋遗韵。和朋友相处，冰毅属于温和豪爽兼备，但你和冰毅说话时，一看见他用狡黠的眼神儿望你时，你要先下嘴为强，不然的话，调侃的话头便纷至沓来。

冰毅的朋友多，无论男女；冰毅的故事也多，难辨真假。他自己也对我说，费这般严肃劲儿让去写人，不如写点人的逸闻。

好玩儿！我们哪天再来过？

建平是个善于讲故事的人，而且是冷幽默的那种，他描述一个人物场景时，语言便如同画笔惟妙惟肖，你已经笑得咧嘴弯腰了，他依然不动声色，缓慢地把故事讲完。当然，建平的文字和思考，许多时候还是淡然之中尖锐的刻刀。

当年的意气书生，如今也是休闲之人了。日子真快！

——齐岸青

谢冰毅：光影浮尘中的精神之旅

文｜许建平

谢冰毅 1955年生于河南开封。画家。曾任河南省美术家协会副主席、河南省书画院院长。作品多次入选全国美展并获奖，获得中国艺术研究院颁发的"黄宾虹学术奖"。出版个人画集多种。

谢冰毅是开封人，同时，又是一个不以开封人自居、自夸、自傲的开封人。20世纪80年代中期，谢冰毅从开封来到郑州，进入河南省画院，此后作为专业画家，再也没有挪过地方。近四十年来，谢冰毅在郑州生活、交游、读书、思考、吟诗作文、展纸挥毫，郑州已经成为他真正意义上的家。他在文化血脉上、精气神儿上，已经彻底融入了郑州，成为一个地地道道的郑州人。甚至在为人处世、人际交往方面，他的胸襟怀抱、分寸拿捏，也越来越像郑州烩面那样，松活弹抖，具备了特有的宽度与厚度、韧性与弹性。

郑州作为"新榜"八大古都，也许历史过于久远了，多数郑州人并不总是沉醉在"追忆似水年华"里面，郑州人普遍喜欢向前看，勇于四面出击，迎接八面来风。黄河日夜从郑州城外流过，黄河有时也在郑州城外开始断流。郑州其实是一座缺水的城市。于是，我们应当肯定，谢冰毅的山水画作及书品，作为一种"现象级"存在，的确是给日渐喧腾、牛气冲天的大郑州，给大郑州的诸多元素里面，增添了某种雾气、文气，温润、沉潜、古雅之气。水墨淋漓，烟云满纸，野藤曼舞，老树壁立，肉中骨，骨中肉，有骨头有肉，不湿不干，不用保鲜……

中国山水画家谢冰毅出道很早。

大约是20世纪80年代中后期，谢冰毅刚满三十岁，由于其画作雄浑苍茫，笔力沉着老辣，在中国山水画界，他就成了一位"年轻的老画家"。这从一开始，就在他身上涂抹了一层神秘色彩。有人开始对他的家庭出身、家学渊源进行了种种猜测和议论，因为姓谢，就更容易让人联想到同样是以画黄河闻名于世的谢瑞阶老先生，有人甚至这样询问：谢冰毅与谢瑞阶有没有血缘关系？这位黄河老人是否曾为谢冰毅的成名成家铺过路、搭过桥？或者，直接做了幕后推手？实际上呢，他们一位来自伊洛古镇巩义，一位来自大宋旧都开封，不要说沾亲带故了，他们二位根本就不认识，甚至在出道之后，直到谢瑞阶先生驾鹤西去，谢冰毅也没有见过这位黄河老人。在中国山水画界，河南"二谢"，应该算是一对未曾晤面的忘年神交：双峰并立，双峰凝视，相互欣赏，相互珍惜。

继谢瑞阶之后，谢冰毅是国内最重要的河南籍实力派山水画家。

近四十年来，谢冰毅精力旺健，佳作迭出，持续走红。从中原出发，到京华之地，再到大江南北，再到海外，其影响力日渐广大、深远。同时，又恰逢太平盛世，赶上商品大潮，其画价也一路飙升，且始终坚挺。于是，从坊间到官场，白天黑夜，酒后茶余，关于谢冰毅画作、书品价位的评估、议论，也开始多了起来，其行情似乎一直看涨，只涨不跌，似乎成了让人眼热心跳的原始股、潜力股和绩优股。同时，关于谢冰毅个人生活的种种道听途说、八卦传闻也开始不胫而走、四处飘荡。于滚滚红尘之中，谢冰毅——谢老师，仿佛已经声色犬马、夜夜笙歌了。

谣言蜂起，谣言又来去无踪。美女如云，美女如过眼烟云。

其实，谢冰毅一直有着属于自己的严格作息和工作纪律。

闻鸡起舞，冰毅日课。内外兼修，上下求索。在更多的时间里，他都是在读书、习字、画画儿。他从不做花活儿，不寻章摘句，不玩元素，不拿来、借用、汇集，更不搞批量进货、批量出货、半成品来料加工。他的画是一笔一笔画出来的，他的字是一笔一笔写出来的。虽然他很认同吴冠中先生的说法——笔墨等于零，但他一直都有着属于自己的笔墨、线条、构图、语言和调性。

谢冰毅画作面貌清晰，个性独特，有着属于自己的完整体系。有些人把它高称为"谢家山水"，我认为这种高称江湖味儿太重，非常庸俗，还带着冬烘式酸腐气息。一个画画的不一定就是画家，一个一般画家不一定就是艺术家。谢冰毅不仅仅是一位著名山水画家，更是一位著名艺术家。而且，在艺术家群体中，他也是一个异类，一个变数，其存在的价值及意义都相当独特：

其一，谢冰毅当过多年画院院长、美术界领导，也曾经算是一位官员，却不靠官位立威、立身。他不是官员画家，不是官员艺术家。干事不揽权，但对权力周围或背后的规则、运作、得失、恩惠，他也都心知肚明，且在内心深处始终保持了应有的警觉和疏离。后来，终于退出来了，也就终于解脱了，挥一挥手，不带走一片云彩。鸟入山林，鱼归大海，身心获得了大自由、大自在。

谢冰毅是画坛上的一棵常青树。他自己就是一座码头、一座山门。社会上，谢老师的学生众多，自称是谢老师学生、时不时地拿谢老师说事儿的学生众多。偶尔，谢老师也会出来接见，亲近亲近，指点一二，接受三叩九拜。但谢老师心里并没有什么门户之门，也没有码头意识，更不以什么掌门人自居，而且，还对时下不断刮起的拜山门、拜码头之风，心里太明白到底是咋回事了。面对这种风尚，有时候，谢老师心中一片茫然，神情上却像是有些鄙视。于是乎，在学生们撺掇的饭局上，在交杯换盏的间歇，谢老师时常一脸落寞，眼神涣散。众声喧哗，当众孤独。每到这时，学生们明白：谢老师又走神儿了。谢老师经常这样走神儿。

一人向隅，举座不欢。谢老师，您咋恁任性呢？

其二，谢冰毅当然是一个土生土长的开封人，其实说起来，在气质、做派上，他更像一个新大陆人。东京梦华，美哉大宋。谢冰毅自幼浸淫其中，摹画临帖，翻阅经史子集，诵读诗词歌赋，自然熟稔唐人情愫、宋人格律、元人笔意，了解文玩摆件、金石印痕、禅茶一味。他会画画儿、会写字儿，会赋诗、会唱戏，但同时，他却不喜欢唐装汉服、不相信国粹中医，甚至对连花清瘟、双黄连口服液之类，也多有质疑、微词。他更讨厌盘串儿、打坐、装神弄鬼、扮演国学大师。不过，话又说回来，他反对的并不是学有所成的国学大师，并不是反对国学本身，而是反对动不动就拿国学说事儿、过度消费国学的时风流弊。对于屹立在中国传统思想史、文化史上的圣人先贤，他心中也始终是高山仰止、充满敬意。比如有血有肉有体温的孔老夫子，比如提倡知行合一、心即宇宙的王阳明，比如主张天下为先、君主为客的黄宗羲，等等。当然，作为一位国画名家，他平时钻研更多、谈论更多的却是西方绘画，这也是事实。他似乎是要在西方绘画艺术谱系里坐标自己、定位自己，似乎是在跟西方绘画大师对话、对表，同频共振。色彩、透视、明暗、印象、变形，甚至笔触、渐变、色温、刮痕，从神到人与实证解剖，几何构成与视觉传达，午后阳光与午后诗学，等等，他都再三细细揣摩、细细品咂。比起我们的国粹、国学，他好像更热爱西方文化、西方艺术。对于来自西方的，无论是建筑、雕塑、壁画，还是音乐、戏剧、文学，他好像都能如数家珍，说得头头是道。这种现象，除了谢冰毅，在我们国画界，应该是没有第二人吧？近几年，他几乎每年都到欧美诸国实地考察、交流研习。参观博物馆，出入音乐厅，沐浴欧风美雨，格物致知，向科学精神脱帽致敬。尤其是出席专场音乐会，他总是全身心投入，全身心战栗。谢冰毅多情浪漫、悲天悯人，具有浓厚的英雄情结。在西方交响乐作品里，贝多芬的第三《英雄》、第五《命运》、第九《合唱》，还有勃拉姆斯的浪漫主义作品，都是他的终生最爱。在这些交响乐的瀑布轰鸣轰炸中，或闪电回环缠绕中，谢冰毅总是张开怀抱，让灵魂得到冲刷、洗涤，或喉头哽咽，泪流满面……

其三，谢冰毅是一个知识分子，一个知识分子艺术家。

这不仅是因为他上过大学，科班出身，也不仅是因为在河南画家中，他是读书最多且多年坚持的一位，更重要的是因为他的批判意识、怀疑精神和使命担当。他思想活跃，兴奋点时常变化，关注点也不仅仅都在艺术创作方面。他关心国家大事，关心时局变化，喜欢研究历史，最近一个时期，他就对中国一百多年来的历史走向产生了浓厚兴趣。鸦片战争、戊戌变法、辛亥革命、五四运动、北洋政权、民国时期等等，他都有很多心得、高见、妙语。他是敏感的，也是孤独的。敏感中夹杂幽默，孤独中饱含忧郁，赤诚中透出一派天真。闲下来时，他总想与人交流、对话，总想和这个世界谈谈。

谈什么呢？

经历了官场、文场与名利场，经历了主流与边缘，品味了饮食男女、世情世相，体验了男欢女爱、儿女情长。谢冰毅越发沉静和坚定，越发热爱生活、热爱艺术，越发相信规则终能战胜潜规则，相信学场有别于官场，相信学术不等于权术，相信风骨远胜于媚骨。

…………

疫情三年，无论对谁，都注定是特殊的年份。

这三年，谢冰毅出不成国了。

还好，到底是名家、大家，三年以来，他有两次受邀外出写生的机会。一次是去江南水乡，另一次住进了武夷山。刚一回来，他很快就捧出了厚厚的一大本子写生集。

江南半月，山中数日，收获满满，硕果累累，让人观之心中大喜：温润之地，莺飞草长，杂花生树，亭台弄月，楼榭峥嵘，烟雨、峰峦、霞影、晚照，石栏外、断桥边、皱石下，宽窄缝隙，光斑移动、跳跃，蓬蓬勃勃，悄没声儿地、湿漉漉地渗出了一汪又一汪的生命气息……

真是可喜可贺：雄浑苍茫中有了暖意，沉郁顿挫中有了温软。谢冰毅这批写生作品终于出现了新的面貌，有了新的变化，又一次实现了自我超越。

然而，面对他的这种变化和自我超越，面对这部江南写生集，我却不想说：这就是所谓老树新枝，衰年变法。

不，不是这样，谢冰毅仍然还在盛年，仍然还是真力弥满、蓄势待发。他的生命之旅、精神之旅还在途中，他的艺术探索仍在路上。

邵丽对选入这本书表现出犹疑，也是唯一拒绝为了这本书出版而专题拍照的人。朋友们有时候会说起她的清冷，我想她只是不大习惯别人触碰她的空间。

随她吧，这么个干净而又特行的人儿。从认识她的那一天起，就是这般的记忆。

有时候，人要定格在自己的时光里。

刘海燕用《岁月光影里的美丽》来命名她的访文，也许恰好有了这样的隐喻。

邵丽生活和创作都是关于自己的，她的作品清单告诉我，她写的几乎都是她所遇见的，她所体察的，她所悲喜的。这些年，我是买来她的书（记得不是题赠的啊）翻看的，愈是读，愈发感受她生命的脉动。

刘海燕是个具有诗人意象的女性评论家，我之所以强调她的性别角色，是因为她那本坊间传赞的唯美之书《如果爱，如果艺术》，单就写了七位艺术女性。——没有男人的"浑浊"。

女性对于女性内心有更多温暖的体察。

——齐岸青

黄小一 摄

邵丽：岁月光影里的美丽

文｜刘海燕

邵　丽　｜　1965 年生于河南西华。作家。出版长篇小说《金枝》《黄河故事》《我的生活质量》，中短篇小说集《糖果》《你能走多远》，散文集《物质女人》《纸裙子》，诗集《细软》等。短篇小说《明惠的圣诞》获得第四届鲁迅文学奖。现为河南省文联主席、河南省作家协会主席。

多年前读英国作家伍尔夫的传记，她总能道出文学真经："若要像亨利·詹姆斯一样的敏锐，你必须也很强壮；若要享有他那精妙选择的力量，你必须生活过、爱过、诅咒过、挣扎过、享受过、痛苦过，而且要有巨人的胃口，吞食下生命的整体。"一个作家，需要有巨大的胃口，去消化驳杂的生活。我觉得邵丽就是一个能消化驳杂生活的作家。

1986年，邵丽大学毕业进入公务员队伍，长篇小说《我的生活质量》（2004年初版）是她这一时期生活的代表作，也是她立足于文坛的成名作，几次再版，二十年来一直在卖，从当年的畅销书变成了长销书。

我是从这本书认识邵丽的，那时她刚被委派到河南省作协工作不久，青春的邵丽有种英姿飒爽的美，像北方的小白杨一样。近二十年的岁月里，我所见到的邵丽，总是额头亮亮地出场，一袭白色西装裙，你感觉不到她还有世俗生活；一件麦苗绿风衣，映活冬枯的黄河荒滩。仿佛时光和重负都奈何不了她。2020年的新年夜，省作协邀请大家在松社书店聚，每个座位上放有邵丽签名的《黄河故事》和《金枝》，后来听说那些书都是邵丽自费送。邵丽和责编碎碎在镁光灯下对谈《黄河故事》，犀利的碎碎调侃道："谁坐在邵丽身边，谁立刻就会变成丑小鸭。"但好像文学评论界内外没人称邵丽为"美女作家"，对于一个用"心"在深广的现实和历史中写作的作家，这个称谓太浅薄。邵丽撑起的不仅仅是文学界的诸多社会事务，但她明白一个作家只能靠作品立身，回到书桌前，她是一个辛苦到底的写作者。

在河南文坛，她召集的小型会议，快刀斩乱麻，不会把时间浪费在形式上；大型会议，台上的她也时常说些率性的真话，不至于让人昏昏欲睡，甚至让你窃笑，你觉得台上这个邵丽还是一个作家，一个有个性的人呢。反过来说，没有一点个性和文学性，还算是文学界的领导吗？

我想起那个老马尔克斯，他的自传名为《活着为了讲述》，他在扉页里提醒读者："生活不是我们活过的日子，而是我们记住的日子，我们为了讲述而在记忆中重现的日子。"一个作家如果这么看重写作，那他的生活，他的一切，就会向着写作而去——他会从世事的缠绕中拔擢出来，把他人消化不了的滞重生活消化成文学营养。

2005年初到2007年底，邵丽到河南汝南县挂职，随后写出了《挂职笔记》《刘万福案件》《第四十圈》等一系列沉潜冷静的作品，后来邵丽在创作谈里讲："亲历基层繁重的工作和基层干部的压力，还有底层民众的生存无奈和尊严的缺失，内心受到极大的震动。这才让我真正思考所谓生活"的意义，"才知道在自己的小烦恼之外，有着如此广大和深刻的烦恼"。当然还有，"他们面对困难和委屈时的达观，以及幽默风趣的语言和丰富多彩的生活经历，真的是一座宝库"。后来结集出版的《挂职笔记》（2017年），封面推荐语为："沉潜在中国城乡第一线：写出这个时代的困惑焦虑，写出长存于世的人性光辉。""挂职系列"可以说是邵丽真正深入表达中国基层社会的代表作，她让我们以文学的方式看见了这个时代基层生活的生态。

现实生活中这些"广大和深刻的烦恼"，影响着邵丽作为一个作家的大气，让她的作品有了植根于芸芸众生的悲悯态度。我们60后这一代，还对博大悲悯的俄罗斯文学有着天然的情结，邵丽在《我所理解的写作及其他》一文里讲，"对我影响最大的还是俄罗斯文学，尤其是我后期作品中切入社会的视角，受其影响很大"，她写道：被尊为"人类良心"的托尔斯泰，深邃的陀思妥耶夫斯基以及冷静的屠格涅夫，屠格涅夫和托尔斯泰一样，并不是一个饱经苦难的人，但优越的生活条件没有使他失去爱和思想。俄罗斯作家博大的悲悯情怀，对普罗大众设身处地的爱，对个体生命尊严的呵护，在另一翼影响着邵丽的写作。

获第四届鲁迅文学奖的《明惠的圣诞》，写一个进城打工女子为改变命运的隐忍与挣扎，在同类题材中很有代表性，它表达了千千万万底层打工女子精神的困苦。邵丽在获奖感言中说："人生的过程是灵与肉痛苦挣扎的过程，如果通过文学这个媒体，使我们互相之间变得更加宽容、关爱、和谐，可能这比任何奖项都更加富有意义。"

《我的生存质量》（2013年），可以看作《我的生活质量》的姊妹篇。邵丽在《生命的疼痛不息，就是成长》一文里讲，这两部长篇小说，"有人说是官场小说，有人说是自传体小说。都对，也都不对。如果官场是一条大河的话，这两部作品应该是站在河边的反思……从进入到退出，是一个轮回，也是一种升华……我们最后能够面对，既是坚毅，也是无奈，因此这就是生活"。在《我的生存质量》里，邵丽写一个女作家某一天突然落入一个自认为永远不会落入的境地，仿佛是一个隐喻，在人的一生中，谁敢保证自己不被卷入生活的暗流？她从这里开始反省几代人的人生，思考现实之人的救赎之路。她在书末写道：一个毛茸茸的小生命来到世上，她叫他"糖果儿"。她的一篇小说也名叫《糖果》，她的一本小说集也名叫《糖果》。正如李敬泽对《糖果》一书的深评："世界在舌尖上融化。重要的不是融化之后它的味道如何，而是，这个人决定品尝一切如品尝糖果。"

在经历了父辈离世，也认清了些世界以后，我也体悟并接受了之前不会接受的那些，你无法再回到只有一次的人生，如邵丽写，也"永远不能准确地预知自己的将来"，"幸福也好，痛苦也罢，都是我们这个庞大的人生布局的一部分"，太阳照常升起，你要努力明媚地活着，并创造活着的美好，除此还能怎样？就像"人类的思想者"阿伦特一本书的名字《积极生活》，另一本书的名字《爱这个世界》。这不是书里书外的邵丽吗？爱是一种能力，消化掉驳杂的生活爱这个世界，更是一种能力。

在三年疫情里，我多次从惶惑中醒来却是醒不来的感觉，感到自己像极了卡夫卡《城堡》里的那个人物。在同样的时空里，邵丽趁封闭在家的时间，写出了她的长篇小说《黄河故事》和《金枝》（全本）。

《金枝》出版后，引起众多评论家和媒体的关注，2023年2月在人民文学出版社、《收获》、《当代》联合主办的研讨会上，《金枝》被公认为"一部书写在中原大地上的女性史诗"，"重建当代家族叙事，重现黄河儿女百年心路"。

我和邵丽是中原这块厚土上的同时代人，读《金枝》某种程度上也是在回望我们共同的过往，回望我们这一代人百感交集的心事。

在《金枝》里，邵丽写一个青年时代逃离旧式婚姻投奔自由和革命的父亲衍生出的城乡两个家族、两个阶层，这个话题我们都不陌生，也是一个时代的缩影。邵丽与男作家主导的家族叙事不同，在"他们"的视角里，女性多是男性的仰慕者、附属者，当然很多时候现实就是这样，邵丽的叙事是让被时代和历史忽略的"她们"说，让淹没在历史烟云里的女性发出属于自己生命尊严的真实声音。

在《金枝》里，我们看到：匮乏岁月里是女性撑起了家庭的艰难生存，维系起家族的情感纽带，尤其是那位被离婚不离家的父亲抛在乡下的大女儿拴妮子，她不看任何人的脸色，一次又一次地进城寻找"父亲"，企图获得身份认同的前半生，有着无以名状的人间涩味。在被抛与被损的粗糙生存中，这个不像女性的"土气"女性，是我们中原大地上如野草一样活着的乡下姐妹，摧不垮的。你无论怎样伤害过她，好像都随风而逝，如后来她给城里落叶归根的父亲一次次带去土地上的果实，这是农业时代善良实诚的中原百姓。在《金枝》的下半部，邵丽为这样一位卑微的女性立了传。《金枝》里的土地情结，意味深长地连接着城与乡、生与死、过去与未来。

邵丽的叙事，随着时光的流逝，人与人之间，人与生活之间，以及同一个人在不同时期，都在不断地发现和修正，可谓在岁月里精神成长。在她的大时间观里，高低贵贱、谁胜谁负，终会边界模糊，每一个生命都有他的不易，必须学会爱和怜悯而不是恨。这也是《金枝》及邵丽的其他作品温心之处。可以说，《金枝》是一部努力把"她们"及父辈从历史深处打捞出来的作品。邵丽在访谈中曾讲："趁我还能写，就把父辈们的故事写出来，如果我们这一代人不讲，以后就没人知道了。"

出生和时代都是无法选择的，如何在命运的不确定性中找到坚实蓬勃的生存方式？从李準的《黄河东流去》到李佩甫的"平原三部曲"，再到邵丽的《金枝》，几代河南/河南籍作家从不同的角度，以各自的风格，书写着中原人生存的万般情状，书写着中原大地上的生命史诗。

对于一个作家，经典与生活这两部大书，都是必须读的。人类最智慧的头脑、最开阔的心灵，会帮你看清混沌无边的生活。邵丽在每个生命时段都有"爆发式"的写作，都写出了独具个人风格的代表作，这与她持续不断的阅读也分不开。她在随笔《三代人》一文里写道："我拼命恶补'西餐'，从罗素到哈维尔，从奥威尔到哈耶克，我试图走出政治的迷宫……我拼命恶补'中餐'，从四书到《南华经》……"

其实，小说家邵丽比同时代人更谙熟人间烟火。小说家得是精通生活的行家，你得经受住它的打击如同经受住它的爱抚。如邵丽这般坚实又审美、坚韧又大气地生活着，才能体悟出几代中原女性的隐忍与宽宥、挣扎与奋斗，及如何努力让她们的下一代活成"金枝玉叶"，也才能写出《金枝》这样的作品。

小说家邵丽不端知识的架势，谙熟几代人的生活与语言。在《金枝》里，那些人物说着地道的中原民间语言，仿佛就是我的老去的乡亲们。一代人的语言呈现着一代人的生活，随着城市化和全球化的进程，年轻一代对民间语言愈来愈陌生，多少年后翻开《金枝》，几代中原人的语言，尤其是老一代饱含人生千滋百味的语言，都在这里保鲜着。

邵丽曾在"挂职笔记"创作谈里讲："我重视那种带有泥土气息的原汁原味原生态的语言，当你深入基层，与普通民众在一起的时候，才能感受到他们的智慧、幽默。在中国，几千年来，苦难都是靠这种智慧和幽默消解的。它无所谓高级或者低级，也无所谓对与错，我们要正视它、重视它，这是我们的文化之根。"

2022年春天，舒晋瑜在访谈中曾问："文学对您来说意味着什么？"邵丽说："文学过去对我来说只是一种爱好，现在几乎就是我的命。写作就是我对这个世界和人生的告白。"这后半句，应带着邵丽这些年写作生涯的甘苦自知。

在我颠扑不破的记忆里，董林永远是个大男孩的形象，这不是因为我在洛阳一拖工作时，他那时还真的是一个纯粹的孩子，而是因为，无论岁月如何磨蚀，他带着笑意的眼睛都是改变不了的——

站在那里，永远是个诗人的姿态。

董林后来成为我们团队的班长，姿势庄严了，但他在工位上依然是永远寻求创新语句，让工作不停呈现跃动阶点，这样刻苦，好像是在弥补他写作缺失的遗憾。无论如何，董林心底永远拨动的是诗歌之弦。

好在他现在又可以写诗了！

于茂世算得上是一个游侠似的报人，大概是南开大学旅游系出身的缘故，记者生涯中走遍山南海北，除力耕《厚重河南》之外，更用十年之久三上江河源，写下一部《江河传》，其中《黄河九章》尽现黄河文化源流。人生和文笔，包括他长发披散之态，都是诗人标准配置的形象。他去写诗人董林，自然灵犀相通，款曲周至，即使异曲，也是同工。

——齐岸青

董林：诗书可养神

文｜于茂世

董　林　｜　1964年生于河南洛阳。曾任河南日报报业集团有限公司党委书记、董事长。多次获得中国新闻奖、河南省新闻奖。业余写诗，著有《行走的月光》《十年诗选》《悬崖上的鱼》等诗集。

生在洛阳，负笈开封，当差于郑州，还曾"北漂"到了北京一两年。概而言之，四大古都圈定了他的人生。

与古有缘，破古出圈。

他，不但是河南网络新闻的拓荒者，更创造了中国新闻史上的奇迹——《焦点网谈》当年创办，当年荣膺中国新闻奖一等奖。作为网络问政的新闻专栏，《焦点网谈》是网络新闻首次参与中国新闻奖角逐后产生的第一个中国新闻奖名专栏。它不但是中国网络史上的第一个新闻奖名专栏一等奖，也是河南日报报业集团系统第一个中国新闻奖一等奖。

他，就是河南河南日报报业集团前党委书记、董事长，河南日报社前社长、总编辑董林。

而这一切，都是他在河南日报编辑"读书生活"版开始的。

董林，1964年生于古都洛阳的书香之家。

父亲早在南阳尚于中学读书之际，就在驰名全国的《奔流》杂志上发表过小说。在郑州上完大学，父亲被分配到洛阳，来到了刚刚建成的洛阳拖拉机制造厂，也就是现在的中国一拖集团，开启了教书育人的新的生活。

董林还隐约记得，很小的时候，不知怎地读起了一本古装（线装）书。父亲看到，什么也没说，书被拿去，给烧了。

父亲的书，都尘封在书柜里。

和很多孩子一样，那时的董林，也只有小人书可读。

《楚汉相争》是他买的第一本书，也是他读过的印象深刻的第一本书。"那时，就想当楚霸王。"董林回忆道，"'千古文人侠客梦'。英雄梦，读书人还是要有的。英雄，也是不能只以成败去论的。在做人做事上，楚霸王对我一生的影响还是蛮大的。"

1982年，临近高考，董林竟然发现了父亲书柜上的钥匙。他一头扎进了故纸堆里，没日没夜……

高考，怎么办？董林一直在拷问自己，煎熬自己，但总是不能从尘封的旧书柜里脱身。

"比现在的孩子玩游戏还上瘾，实在管不住自己。"董林说，"最后，只好把钥匙扔到房顶上去了。"

但是，高考时还是出了问题：作文，没写完。

那时的应考训练，不像现在。考场上，考生时常都会出现这样那样的问题。

中文系，不行了。董林报了河南大学政治系。

一进入大学，同学们都在读四大名著什么的。"他们读的书，我早就读过了。"董林说。《红楼梦》半懂不懂的，他都读过三遍了。

这时，董林将目光投向了西方经典著作。其中对他影响最大的，当数让-雅克·卢梭的《忏悔录》、罗曼·罗兰的《约翰·克利斯朵夫》。

"不管末日审判的号角什么时候吹响，'我'都敢拿着这本书走到至高无上的审判者面前，果敢地大声说：请看！这就是'我'所做过的，这就是'我'所想过的，'我'当时就是那样的人。请你把那无数的众生叫到'我'跟前来，让他们听听'我'的忏悔。然后，让他们每一个人在您的宝座前面，同样真诚地披露自己的心灵，看有谁敢于对您说：'我'比这个人好。"——在《忏悔录》中，董林学到了一生受用的"自律"。

康德说：自由即自律，而且只有自律道德而不是他律道德，才是真正的道德。西方语境下的"自律"，差不多相当于中国古圣先贤所说的

"慎独"——《中庸》："莫见乎隐，莫显乎微，故君子慎其独也。"《礼记·大学》："此谓诚于中，形于外，故君子必慎其独也。"三国·魏·曹植《卜太后诔》："只畏神明，敬惟慎独。"

在《约翰·克利斯朵夫》中，董林读到了追梦（音乐梦）、奋斗与超越，在东方语境下，这差不多相当于咱们常说的"立言、立功、立德"。

肉胎来自父母，吃饭培育着我们的肉身。除却肉身，每个人都还有一个精神上的"自我"。而这个"自我"，更大程度决定着"你是谁，你要到哪儿去"。

构建精神自我的重要因素，也许只能是读书吧。

高蹈自律与慎独，亦要轻举自由与爱好。

文学，本就是董林之所爱。特别是1980年代，大学校园里到处闪耀着文学青年的背影。

转系，从政治系转到中文系，从中文系转到政治系，在那个年代，无论朝哪个方向走，几乎都还是不可能实现的梦。

好在有学生社团，能聚集一帮有着共同爱好的人。董林加入了河南大学中文系创办的羽帆诗社。

《东京文学》刊发了他的第一首诗，挣了九块钱的稿费，光请客就花了三十多元，还是顶高兴的事儿。更让他一举成名的是，名满诗坛的《星星诗刊》刊发了他的组诗。"和我非常敬仰的大诗人屠岸排在一块儿刊发的，稿费都一百多元，相当于那时候的两个多月工资。"董林回望往事，就像回到了自己的少年时代。

董林写的是现代诗，重在意象与哲理，游走于可感知与不可感知之间，还是颇费揣摩的。

但诗歌，是董林构建自我精神大厦之所在。譬如，他新近写的一首《红陶》，是这样的——

大火

仍然，燃烧

在红色的陶土里

血滴

仍然，渗出

在红色的陶土里

火

让泥土坚硬

血

让泥土生动

火

是父亲温暖的手掌

拍醒了我们

血

是父亲威严的纹路

灌溉了我们

血与火

让我们中国

中国

告别校园，1986年，董林被分配到河南省委统战部。

"那时候，想的还是去文联、报社、杂志社，不太喜欢待在大机关。还在写诗，还和现代诗坛非常重要的诗人昌耀先生成了忘年交。直到1992年，《河南日报》开设'读书生活'版，这才到了河南日报社。"董林说。

编辑"读书生活"版，让董林读了更多的书，结交了更多的读书人，与书结下了更深沉、更厚重、更多元的因缘。

时光荏苒，一转眼，到了1998年，互联网大潮行将涌起。

此时，河南日报社创建网络中心（河南报业网），也就是把报纸刊发的版面、内容搠饬到网上去。只有一部电话拨号上网，与外界链接；开个山楂树聊天室，只能进来四十人，多一个就死机。

更何况，执掌河南报业网（大河网）之前，董林连电脑开机、关机都不会，更别说打字、写稿、上网、聊天。

"小白"一个，白纸一张。

就是在这种情况下，董林硬是将大河网办成了位列全国报业系统前茅、唱响全国的新闻网站：中国网络媒体高峰论坛——嵩山论剑、全国知名网站论坛双龙会（开封龙亭会、洛阳龙门会），郑开国际马拉松赛等，乘着互联网的翅膀，震动中原乃至全国；《焦点网谈》开网络问政的先河，斩获中国新闻奖第一个网络新闻名专栏一等奖。

这是河南日报社继创办《大河报》之后，迎来的又一个新的高光时刻。

而不同的是，创办《大河报》者，都是河南日报社的精兵强将；开创大河网者，都是董林这样的"小白"，甚至让人很容易想起《沙家浜》中胡传魁的那句唱词"想当初，老子的队伍才开张……"——当然，董林身上没有流氓气，更不是河南日报社前社长杨永德眼中的"草包"。

杨永德先生之所以慧眼识珠，更在于董林的奋发向上：诗人的气质与想象力，自律而敢于担当的实践力，一张白纸没有条条框框的互联网需要的创新力。

腹有诗书气自华。也许，正是董林的"气"与"华"，让杨永德先生笃定这个年轻人能干出一番事业来。而这"气"与"华"，恰恰可以到《忏悔录》《约翰·克利斯朵夫》中去追寻……

不只杨永德先生看上了董林。

读书者董林，竟然不期而遇出书者——中国出版集团，并结下了一段"露水姻缘"。

正当大河网云蒸霞蔚、领跑全国新闻网络之际，国务院授权重组中国出版集团，创立中国出版集团数字传媒有限公司。放眼全国，选来挑去，中国出版集团决定选调董林执掌新成立的数字传媒有限公司。

"北漂"两年，董林先后全面启动、运行中国数字出版网——大佳网，中国数字出版网——公共信息平台，发布第一款自有品牌阅读器"大佳移动阅读器"……中国出版集团数字传媒有限公司架构于此基本完成。

受人之托，不负托请之人。但是，互联网创业真的让人殚精竭虑，还真的就是年轻人释放激情的所在。

倦鸟回家，倦鸟归林。董林，又回到了河南日报社。

执掌河南日报报业集团后，董林的读书时间越来越少。

每每夜深人静，都能看到董林办公室的灯还在亮着。他在读书，也是以读书的方式，平复一下一天紧张工作下来的一直都在紧绷的情绪。每每出差，他的包里，总装着七八本书。出差在外，有时候倒比在单位还有时间去读书。

中国史、外国史，中国哲学、外国哲学，当然还有中外诗歌……"《当代》《十月》《收获》《读书》，这几本杂志，二三十年来我一直没有停止订阅。也没有完全读，大概都翻阅了。《小说选刊》《小说月报》看得少，那是别人给你选的，还是自己去发现好的东西有感觉些。"董林说。

诗书因缘旧，烟云供养时。

而今，五十八岁的董林易任河南省政协民族宗教事务委员会副主任，半生悬命于工作的他，正在让时间慢慢回到他自己的手里。

慢下来，歇下脚。歇即菩提。

精读一下没有来得及细看的《收获》《十月》等，写写诗，与自然、历史、人类对对话——"哪怕多少年之后，只有那么一个年轻人在满是灰尘的书架上、图书馆里，只是偶然翻动一下我的诗集、读上几句我的诗，我就心满意足了。那个时代，诗还有人这样写，还走到了这一步。"董林说，"咱还没站到诗歌的峰头，不能期待太多。但是，这是咱自己的东西，能尘封在故纸堆里偶遇有缘人，也是致敬人类的文明与进步，就该知足了。"

董林已经出版三部诗集。早在1998年，海燕出版社就为他出版了《行走的月光》；2011年，大象出版社又为他出版了《十年诗选》；2017年，河南文艺出版社再为他出版了《悬崖上的鱼》。

他喜欢逛书店，参加读书分享会，梦想当个图书管理员。

第七届中国诗歌节行将于今年在郑州举办，与之互动，董林创意，建设一个"诗集版本图书馆"，并与《诗刊》主编李少君商量。李少君积极回应，"我们《诗刊》来发征集启事"，号召全国诗人捐送自己的诗集，并将"诗集版本图书馆"落地正在创立的河南开封传媒科技学院。

半生网上冲浪，勇立新闻潮头的董林，谈及网络阅读与视频观览，董林说："网络阅读，也是读书；视频观览，轻松直观。文字，是形而上的，能给读者想象的空间。你是读者，同时也是创作者，'一千个读者眼中就会有一千个哈姆雷特'。视频影像，强调感观，理性与形而上就少了些。总的说，人类获取信息与知识，人与人之间交流的渠道越来越多元化，这是文明与进步。"

董林，是网络时代的拓荒者、弄潮儿，也是1970年代书籍严重匮乏之时开启启蒙教育、读书生涯，1980年代接受大学教育、燃烧激情的"天之骄子"。一句话，他拓荒网络，却不是网络时代的读书人。

对书，他还怀有浓郁的"旧感情"。

但书，知识，人类的文明，是没有新旧的。

无论雕版印刷的古书、铅字书、激光照排书，还是网络文字乃至视频影像，都开卷有益，开眼有益。

但是，网络的非理性，还是需要矫正的。矫之正之，网络时代成长起来的"新人类"，也不妨转身回头，去读一下永恒的往日经典。那些不朽的人类经典著作，无论过去、现在还是将来，都是人类文明得以续命、走向未来的灯塔。

印刷术甫一传到西方，西方刊印最多、最为一纸风行的，就是陈旧的宗教典籍。陈旧的经典竟然生发出了别样的释读，"最后的晚餐"孕育了西方的宗教改革与新教运动，催生出文艺复兴、工业文明乃至人类的现代文明。可以说，文艺复兴走向成熟、人类走向现代，正是从"最后的晚餐"之梳理源流、回归文化本义开始的。

中华民族正在百年变局中谋求伟大复兴，要复兴，也就需要知道我们从哪儿来。

开卷有益，无论新旧。新的，不一定就是最好的；旧的，也许正是网络上的"新人类"所短缺的。拥抱新的，超越旧的，为往圣继绝学，其命维新，站在巨人的肩膀上，在中华民族伟大复兴中为人类文明续命，才能陶铸新的文化、新的经典。

书是觉者，书是菩提。

书是过往，书是未来。

不妨读书，诗书可养神。

守国少年得意，舞象之年纪便跨入年纪皆长他者，成为同窗，但他以后的年月并没有才尽，而且还善于将"江郎"的才华进行到底。学成就职之后，更是一边著书立说，一边很认真地在地方挂职。华丽转任大河报之后，以外来之将身份，居然为打江山的兄弟接受，又风生水起一番。如今人生辗转之后，得以重归书房。

守国最爱的是陶渊明和苏东坡，虽未曾见他有过二公的境遇，但守国还是活出二公的另一番要义。

待在哪儿就是哪儿，哪儿哪儿都见好！

我最为羡慕的是守国的博闻强记，古今中外、天文地理，信手拈来口若悬河手舞足蹈，即使酒酣，他也依然能够言语清晰逻辑层递。

活活气煞我的迟语弱记。

张体义出身文博，浸泡在记坛多年，一直是在沉默间或者灵光乍现间去采访报道，悄无声息地拿奖。这几年蓦然发力，考古学热，全民都在期待探方里的新东西，张体义重归旧业领域，笔下文字仿佛考古手铲，得心应手，给公众不断掘出一个个惊艳。

但张体义还是有这热闹之背后的思考，他在默默写书，希望给考古更多的注释，就像他力图给我们描绘出一个完整的王守国。

——齐岸青

王守国：万卷都从一卷来

王守国　｜　1961年生于河南鹿邑。曾任大河报总编辑、中原出版传媒集团副总裁、河南省文联党组书记、河南省文艺评论家协会主席。出版《诚斋诗研究》《文化视野中的陶渊明》《旧学新知》等著作。

刚陪着一众诗人去双槐树遗址感受了泥与火的浪漫，回到郑州王守国的"乐诚斋"，又看到了他"拥书万卷面百城"的悠然。脑海里闪现的不是读书著文、聊天品茶，而是双槐树遗址的"三重环壕"，书架如墙如壕，划出了自己的独立世界。书籍摆放显然花了一些心思，就像豫东老家砌的三七墙，里外咬合在一起，一横一竖，竖的站在里面，书脊朝外，横的卧在外面，也是书脊朝外，既增加了书籍的摆放量，又互不影响，方便主人快速准确找到所需的书，一拉溜的人文书籍摆出了理科男的条理。

王守国藏书逾万册，文史哲居多，虽无善本珍典，也不乏很小众的专业丛书和装帧精美的大部头，但他最看重、最珍惜、最不舍得示人借人的，却是一本普普通通的《唐诗三百首》。一花引来百花开，万卷都从一卷来。这本貌不惊人的《唐诗三百首》是他读书生涯种下的第一粒种子，慢慢长成了文化的园子。

三更灯火五更鸡，正是男儿读书时。

三更、灯火、五更鸡、男儿，都齐了，却缺少最关键的一个元素：书。

20世纪六七十年代，有着五千年文明底蕴的文化中国变成了严重的文化荒漠，影响所及，在出过伏羲、老子的豫东乡村，想找一本书比光棍儿找媳妇都难。苦了那些天生爱读书的孩子，看到带字的纸片都两眼冒光。

语文课本里的那几篇干巴巴的文章，远远满足不了喜欢读书的孩子对文字的渴望。从那个时代过来的读书人，不少人有过背《新华字典》《成语小词典》的经历，并非偶然。杂面窝窝也比饿肚子强吧？

王守国第一次体味到书的魔力、文字的神奇非常偶然。其实那本书还不能真正称为书，没有封面，没头没尾，只是母亲针线筐里夹鞋样子的几十页带字的纸。即便如此，阅读时那种灵魂的舒泰，那份精神的愉悦，恰如闷热的夏夜刮来了一阵凉爽的清风，恰如迷途于沙漠的跋涉者看到了一泓亮晶晶的清泉，让他刻骨铭心，没齿难忘。几十年过去，记忆犹新。

王守国生平第一本属于自己的藏书来自高中语文老师的馈赠。老师50年代毕业于大学中文系，"文革"时期戴着"摘帽右派"的帽子下放到社办高中教语文，看到王守国的勤奋好学和对书的如饥似渴，就把一本自己珍存的50年代出版的《唐诗三百首》送给了他。得到书时的激动心情可想而知，但更激动的还是读诗之时。夜深人静，独自在空荡荡的教室里读李白，读王维，读杜甫，读白居易，读李商隐，尽情领略中国文学史上最卓越的一代诗人的吟哦。"床前明月光""花间一壶酒""相见时难别亦难"等等，每一首都让他如醉如痴，每一句都让他顶礼膜拜。那时他不懂任何诗学理论，不知道什么叫情景交融、意境高远，不懂得什么是迁想妙得、空灵飞动，只是凭直觉喜欢这些诗，百读不厌，常读常新。有了这本书，无聊的岁月不再无聊，枯燥的学习不再枯燥。等高中毕业时，这三百首唐诗他已经烂熟于心。

《唐诗三百首》如同一道曙光，为王守国洞开了古典文学的世界，也助他跳过了"龙门"，为以后研究古典文学埋下了最初的种子，奠定了坚实的基础。

1977年恢复高考，只有十六岁而且偏科严重的王守国与十届学生同场竞争，最后幸运地被录取到河南大学中文系。能考上大学并选择中文系，无疑来自《唐诗三百首》的潜移默化。

古城开封，铁塔之下，看到图书馆里几十万册琳琅满目的藏书，对比许多已经学有所得学有所成的师兄师姐，王守国清楚地意识到自己的贫乏和无知，有太多短板需要弥补。没有捷径，只能用最普通最笨拙也最有效的办法：夜以继日，多读多背。数理化不怎么好的王守国至今还记得这样几个数字：五千、两千、三百。大学期间，除了完成正常的学业，他还背会了许国璋教授主编的大学英语中的五千多个英语单词，中国历代文学作品选和唐诗、宋词选中的两千多首（篇）诗文。同时，大学毕业时，他的借书卡上留下了差不多三百本古今中外名著的借阅记录。

旧书不厌百回读，熟读深思子自知。大学毕业后，王守国直接考取了唐宋文学专业研究生，毕业后到河南省社科院文学所从事专业文学研究，甚至包括后来从事新闻出版和文艺评论，都与大学时代的广泛阅读密切相关。

泉眼无声惜细流，
树阴照水爱晴柔。
小荷才露尖尖角，
早有蜻蜓立上头。

这首我们大家耳熟能详的名诗《小池》，出自南宋诗人杨万里之手。杨万里字廷秀，号诚斋，与陆游、范成大、尤袤并称"南宋四大家"，其诗兔起鹘落，鸢飞鱼跃，幽默风趣，明白晓畅，自成一家，被称为"诚斋体"，开近代古体白话诗先河，对后世影响很大。王守国前后用时十年，多角度、多层次、全方位地对杨万里的两千多首诗歌进行剖析，立足微观，折射宏观，在对诚斋诗的勾幽入微与阐释中揭示出中国诗歌美学的宏观特征及发展走向，并且在作家作品的系统研究上，走出了一条比较新颖的路子。杨万里因为服膺江西乡贤、南宋著名理学家张栻的"正心诚意"之学，四十岁后自号诚斋。王守国则因为对诚斋诗的喜爱和对"诚意"文化的尊崇，五十岁后自名书房为乐诚斋。

20世纪80年代，是文学创作与研究的黄金时期，被称为才子的王守国很早就在诗词研究和文艺评论界展露了"尖尖角"。

王守国的《诚斋诗研究》在中州古籍出版社出版后得到学界好评，有学者在回顾总结20世纪中国诗词研究成果时说：《诚斋诗研究》是中国大陆第一部全面研究诚斋诗的专著，可作为杨万里诗歌研究的一个阶段性标志。此书还被不少高校推荐为宋代文学专业研究生的参考书目。

从杨万里的"映日荷花别样红"出发，王守国开始在唐宋诗歌的星空中舒展才情、自由翱翔。

在诗歌的天空中，王守国仰望过"千载此情同皎洁"的月亮。

今人不见古时月，今月曾经照古人。高悬于太空的明媚的月亮，千百年来发出神奇而温柔的光辉，为她所吸引，从古至今的文人墨客、隐士雅人不知生发了多少感慨，吟哦了多少诗草。灿烂如夏夜的群星，绚丽如三春的百花，丰富如浩瀚的江海，多姿如秋日的白云。或表现思乡怀人、叹离伤别的情怀；或探寻宇宙人生的奥秘和哲理，或展现对自然的热爱及浪漫主义的胜慨豪情；或以明月关联江山社稷。一个月亮，横说竖说，反说正说，一笔一转，一转一境，如重峦迭起，如纹浪环生。

在诗歌的天空中，从豫东农村出发的王守国自然而然地注意到了"田园守拙自养真"的陶渊明和田园诗。

"七月流火，八月萑苇。蚕月条桑，取彼斧斨。"从《诗经》中的《七月》开始，田园就进入了诗人的视野。

但是，"田园诗开山之祖"却是陶渊明，他是我国古代诗坛上第一个有意识地创作田园诗的诗人。自陶渊明开始，田园诗与山水、游仙、咏史、军旅等诗歌流派一样，独树一帜。在研读中，王守国发现，古代的田园诗始终是双轨发展。一是诗经、乐府中那些来自田间地头的咏唱，二是来自不事农桑的文人创作。

在研读中，王守国看到了"万里写入胸怀间"的黄河绝唱；看到了"一入深宫里，年年不见春"的深宫愁怨；看到了骏马西风塞北；看到了杏花春雨江南。

在唐宋诗词里，王守国嗅到了美酒的芬芳。

王守国爱酒、懂酒，在诗中闻到了酒香，在酒香中品出了诗情。

青梅煮酒，唐诗宋词。在万紫千红的唐诗百花园中，咏酒诗歌是一种非常奇特的存在。唐代咏酒诗数量之多、思想境界之开阔、艺术成就之高，皆为历代罕见。很多诗人吟诗喝酒，对酒当歌，留下了充满诗情酒意的华章，共同构成了风采卓异的酒诗歌。大批诗人锦心绣口，乘着酒兴吐出了盛唐气象。唐诗如芍药海棠、宋诗如寒梅秋菊。酒与唐诗情投意合，以理性见长的宋诗不胜酒力，只好让位于或大江东去或小桥流水的宋词。

在诗酒文化中，王守国最为人称道的是他的酒文化三部曲：《酒文化中的中国人》《诗酒乐天真》《酒文化与艺术精神》，以及为家乡名酒宋河粮液拟写的广告词：东奔西走，要喝宋河好酒。三部曲将酒文化与艺术精神打通，酒不仅仅是一种物质形态，更是一种精神拓展。那句广告词朴实、上口，透着豫东人的幽默劲儿。

酒是有灵魂的水。水是物质的，灵魂是精神的。没有注入灵魂的水只是一般的物质，注入了灵魂的水就成了兼具物质与精神双重特性并以精神为主的特殊物质——酒。人的生活不仅有物质更有精神，人的健康不仅有生理更有心理。王守国在酒中品出了辩证法。

圈内人说王守国是酒文化专家，很多酒企纷纷请他去讲课。他却谦逊地摆手：酒文化只是研究古典诗词的"副产品"，远远谈不上专业。

读书不作儒生酸，跃马西入金城关。纸上得来终觉浅，绝知此事要躬行。

走出大学校门之后，王守国的身份不断发生转换，从文学研究所的象牙塔走出来，勇敢地扑向了"下海潮"，与时任文学所所长孙广举老师一起，领衔创办完全市场化运作的综合性文化月刊《跨世纪》。除了短暂的县、市工作经历，王守国先后担任过河南省社科院文学所副所长、跨世纪杂志社社长、科研处处长，大河报总编辑，中原出版传媒集团副总裁，河南省文联党组书记。看似工作职位不断升迁变换，其实所做的核心工作还是文化，一以贯之的身份还是文化人。学者、媒体人、出版人、评论家、文联领导这些身份有时单独出现，更多的时候如幻灯片一样层层叠加。文学研究需要个性化阅读与创造，媒体、出版、评论、文联都是为包括文艺工作者在内的广大读者服务的平台。因为工作的需要，也因为兴趣的广泛，他的阅读范围越来越大，由诗歌而文学，由文学而文艺，由文艺而文化，由文化而社会。为了保证足够的学习时间和阅读量，离开文学所之后，王守国坚持每周至少读一本书，几十年如一日，从未间断。

给自己留一点时间，跟灵魂对话；仅仅出于一种热爱，自在的阅读状态是很多读书人的梦想。而对从事文化服务与管理工作的文化人来说，读书就不仅是个人爱好，还是一种责任，不仅是个人的私事，还是全社会的公事。现在，打造书香社会、建设文化强国已经成为国家意志、社会共识。他在不同的场合倡导大家多读书，读好书，认为读书是门槛最低的高贵，是天底下最阳光的享受。"人生不过百年，我们无法延长，但阅读可以拓展生命的长度、精神的深度。"王守国如是说。

每逢春节前夕，我随书法家去基层义写春联，"忠厚传家久，诗书继世长"都最受人们欢迎。许多文人的书房里，也都挂着"世上数百年旧家，无非积德；天下第一件好事，还是读书"的楹联。中国是礼仪之邦，自古以来都有晴耕雨读、诗书传家的传统。孟母三迁、凿壁借光、口舌生疮、折苇画沙、划粥而食等等，都是鼓励孩子刻苦读书的励志故事。

因为儿时深受无书可读之苦，王守国对儿子阅读习惯的培养分外重视，引导他不仅读万卷书，而且行万里路。儿子毕业于清华，一个地道的工科男，却是忠实的苏东坡粉丝。他以工科男的视角和思维，根据唐宋文学编年地图网站上勾画的苏轼人生轨迹，发现苏东坡是个旅游达人，足迹几乎踏遍了北宋的疆域。带着地图再读诗人的文章，获得了更多的现场感与新鲜感。他撰写的《苏东坡，你走过多远的路？》一文，引发了不少苏粉的关注和追捧，也得到了父亲的认可。王守国把这篇文章置于自己《旧学新知》一书的卷首代序，借以表达父子二人对苏东坡的共同敬意。

近几年来，王守国的阅读重心转向对中华优秀传统文化的研究与阐释，系统梳理中原文化绵延不绝的发展脉络，发掘提炼中原文化中具有当代价值和普遍意义的精髓要义，借以讲好黄河故事，延续历史文脉，增强历史自觉，坚定文化自信。其实，早在大河报社工作期间，他就特别关注作为黄河文化的主流和主干的中原文化，与同事们一起开辟了《厚重河南》专栏，发稿超千万字，产生了广泛影响。现在，他又从嵩山的"中和""和合"文化出发，讲述人类社会发展的中国智慧、中原创新。儒家之和在人伦，讲的是责任；道家之和在天地，讲的是超越；佛教之和在众生，讲的是觉悟。凡此种种，都透露出他"文章合为时而著，歌诗合为事而作"的价值取向和不懈追求。

寻常一样窗前月，才有梅花便不同。王守国学养深厚，才思敏捷，在主持学术讲座、艺术展览、作品研讨、新书发布等文化活动时，常常即兴发挥，处处生春，信手拈来，妙趣横生，每每为人津津乐道，曾有人开玩笑说他主持出了"喧宾夺主"的味道。他的学术讲座也极具特色，从不用课件，也不念稿，旁征博引，深入浅出，激情澎湃，汪洋恣肆，深受听众特别是莘莘学子的欢迎。时光流年，变化的是世情，不变的是赤子之心、学人本色。饱受传统文化、古典诗词的浸润，所以他一开口，就是诗。

人生自古多驿站，山青水绿又一程。而今，已过花甲之年的王守国已经退出了职场，但他退不出书房，书垒的城墙遮不住阅读带来的光亮。

自己挂名主编的书，自己也在其列，看起来似乎好像仿佛有点不妥。

人可以自嘲，低到尘埃，但心底却还是愿意自己属于完美造物。我也不能免俗。

可真待要你自白，说清楚你是谁，又如同我前些年说过的：人很多，我不知道哪个是我。

都说我和范强惺惺相惜，范强知我，由他！

——齐岸青

唐代菩萨头像
郑州博物馆监制

齐岸青：
书院里的书生

文｜婴父

齐岸青　｜　1956年生于河南郑州。作家。出版《荒湖》《疏影》《诱惑》《父亲纪事》等小说集，以及《风中舞动少林》《河洛古国——原初中国的文明图景》等作品。策划执导《大迁徙》《嵩山秘籍》《发现郑州·先秦篇》《足迹——东亚现代人起源》等纪录片。

齐岸青算得上是一个有故事的人，朋友圈里经常会有他的逸闻传说。这和他老兄的丰富经历与鲜明个性大有关系。生于郑州，长于中原，少年颠簸，三度下乡；当过工人，干过政工，做过杂志编辑、职业作家；后来果断下海，领风气之先；再后来又从容上岸，在政界多次履新。有人感叹：工农商学兵，你就差没当过兵啦！齐岸青纠正说：咋没当过兵？民兵也是兵！

闯过江湖，登过庙堂，种过庄稼，玩过机床。按民间说法，他是吃过大盘荆芥的人。离开田垄和车间之后的几十年，他不停地变换工作岗位，所任本兼各职，简直多到数不胜数。但不管东奔西走，下沉上浮，横跨官场商场文坛学界，阅尽千帆，归来依旧是书生。衣襟里面掖着藏着的终究还是书生本色——书生的意气，书生的执念，书生的坚守，还有书生的迂阔。

不管过去的日子多么色彩斑斓，岸青说他自我认同的终身荣衔只有"一介书生"，想来自己颇为胜任，因为至今有尊者长者还夸他"书生气很重"——说到这里岸青嘿嘿笑起来，他的笑是眯着眼睛的微笑，越是开心眼眯得越紧，笑意吟吟，笑意盈盈，但笑声从不爆裂炸响，这是他个性化招牌式的笑容。孙荪老师多次形容岸青的微笑，说是一派天真，像孩童的笑容那样有一种软化人心的魔力，可你千万不要相信他只会微笑，谁知道微笑骤然收起后会是怎样的疾风暴雨、雷霆万钧。

我是很少见到他暴躁的。更多见到的是他对朋友的温情脉脉和侠肝义胆，还有对女生们不动声色的悉心照顾。朋友们对岸青的清高习以为常，你难得看到他的谦逊自抑之态，如果有时你看到他很谦卑很恭顺，怯生生羞答答不好意思的样子时，你千万不要信以为真，他一准是在对你耍贫搞怪玩幽默，最后会把你弄得啼笑皆非。时间久了，你终会熟悉这老兄的A、B两面，刚与柔，庄与谐，紧张与舒缓，机敏与迟钝，损人与自嘲……

齐天大圣孙悟空是岸青最为钟情醉心的文学形象。童年时小伙伴们有互起绰号之风，因为姓齐，属猴，性格又很是豪气，无所畏忌，所以自幼岸青即得"齐天大圣"之诨名。年岁渐长，岸青愈发喜欢这个称谓，又拿来用作自己的微信名，还弄了一幅孙悟空的画像挂在书房。作品出自齐鲁名家之手，构图新奇，笔墨老辣，主人公神态生动——齐天大圣醉后呈"大"字形仰卧巨石之上，一副睥睨群雄笑看天下的表情，画上有草书几行，貌似齐天大圣语录："我若成佛，天下无魔。我若成魔，佛奈我何？"逸笔草草，气度不凡。没过多久，这幅画被摘了下来，问起缘由，岸青笑曰：这个大圣嚣张顽劣之气太重，不如新的这幅温柔。

新的这幅仍为齐天大圣画像，女画家赵曼的作品。孙悟空身披红色僧袍，脚踏祥云，尽管手持金箍棒，但神态柔和从容，有一种守规矩讲政策的风度。岸青写了几句话题在画上：

心想的是这雷霆万钧荡涤尘埃的大圣齐天，可叹的却又是温柔万千潇洒飘逸之行者，愁煞了！难寻悟空，慈悲为怀。

岸青说，齐天大圣和生于嵩山脚下的夏朝开国之君夏启出身相同，都是从石头缝里蹦出来的，是盖世英雄，也是矛盾的象征。

熟悉岸青的人都知道，他是个充满理想主义色彩又兼有个人激情气质的行者。他常常步履匆匆抢行在生活的前面，有时候灯炬投射，一身华彩，有时候赶上飞沙走石，他也会被碰得头破血流。但他好像从来都是踉跄几步后随即恢复步态，不愿多想，继续赶路，步频没有稍许的调减。朋友们摇着头说：这到底是一位高度自觉高度清醒的夸父，还是一位不懂成本不计得失的愚公？

岸青感受得到文人书生特殊句式中的温度。

朋友们看着他快步疾行，一次次走在国内、省内同行前列屡创第一的纪录，赞赏他"少年心事当拿云"的劲头和"弄潮儿向涛头立，手把红旗旗不湿"的能力。友人相聚闲聊，有时会屈指历数这些年他操盘完成的一系列亮点项目：起步时期的河南国际文化交流，"风中少林""云水洛神"歌剧舞剧的创作和世界巡演，郑州入列中国八大古都，黄帝故里拜祖大典升格国家典礼，商代都城的环境整治场景更新，嵩山古建筑群成功晋身世界文化遗产，"老家河南"文化品牌的塑造推广……朋友们娓娓道来如数家珍，都仿佛亲身参与皆有喜爱或尺寸之功。岸青偶尔也会不经意间补充一些不为人知的细节，很是动情，但总是又很快陷入沉默，像刚入席者听别人讲与己无关的故事。往事如烟，做了也就做了。事了拂衣去，不问功与名。行者自有乐，五岳为之轻。

齐岸青最在意的还是自己始于青春的写作。二十岁出头开始发表作品，赶上80年代文学的美颜盛世，自己也进入高产状态。他是新时期河南职业作家中最早写出长篇的快手，《诱惑》曾被称为1987年度中国新写实主义的代表之作，获河南省首届文学艺术优秀成果奖，闯入茅盾文学奖的功亏一篑的时刻。他的中篇小说《执火者》亦曾名噪一时，获得第二届《上海文学》奖。辍笔三十年，文坛旧友为他惋惜，埋怨他对文学始乱终弃。有人以公务繁冗代他申辩解脱，但岸青自我检讨说：天下不乏安静的书桌，只是我等缺乏沉稳的屁股。往事不可追，来日犹可期。

2018年，岸青结束了公职生涯，毫无悬念地回归了文人本色。

因为嵩山申遗的缘由，岸青对嵩山有了超乎寻常的感情，嵩阳书院更成了他心中的圣所，这不仅因为它建筑群落呈现出的千年尊仪令人神往，更因为它贯通古今的书卷气息与岸青的寻梦性情深度契合。退休前后的很长一段时间，岸青一头扎进登封嵩山的山坳里，梦想在乡村办一个书院，让村民们得到文化浸润、诗书教化。他做了一个书院，名之曰"嵩林书院"——嵩林二字，给人一种嵩山之麓林木葱郁的景观意象。他无数次进出这个名叫雷家沟的村庄，踏遍了雷家沟所属的六平方公里全部山地，四处奔走、上下陈情为雷家沟争取资源，保护古村，修建宗祠，改善民居，规划游径，数年间，平凡山村变身为远近闻名的美丽乡村。出彩时刻岸青却悄然而退，除了给自己留下心肺损伤，也给自己留下了记录他乡村蝶变梦境的《原乡手记》。或因疫情或因其他缘由，岸青没有道出撤离原委，他只是说，不后悔他做过的每一件事情，每件事的关联记忆，都会成为他的宝贵收藏和文学资源。

　　岸青把书生之念带回了嵩林书院，开始屏息凝神专注于这么一个以郑州为家园、以读书为旗帜、以文博为特色、以服务为宗旨、以公益为追求的文化机构。五年过去，嵩林书院策划的天中讲坛，如今举办了上百期与书籍与人文有关的演讲会，受众数以十万计；国家夏商周断代工程首席专家李伯谦先生、中华文明探源工程首席专家王巍先生、全国文物建筑和文化遗产保护领域领军人物郭黛姮教授，王蒙、二月河等都曾亲临书院执教，为郑州考古遗址的保护性开发利用提供权威性指导；组织拍摄各类影视作品；网罗专业人才，为文博考古的数字化与信息化提供技术咨询服务；还原历史场景与改善人居环境相结合，规划设计美丽乡村项目，为保护古村落和乡村振兴建设提供智力支持和资金支持；引进清华大学建筑学院（中国营造学社），联合社会公益资金在图书馆建设"中国营造法式研究中心"，筹划李诫的纪念馆；与郑州图书馆合作，引进专家学者和社会公益组织入驻，开展公益捐赠，并融合图书阅读、艺术展览、文化沙龙等多元文化业态，打造具有厚度和温度的新型公共文化空间，为游客和读者带来丰富多元的文化体验……

在嵩林书院这些异彩纷呈的成果和令人眼花缭乱的技术操作之外，岸青近年在政府主管部门支持下，与社会知名人士和公益人还一起发起了郑州天中书院的建设。天中书院始建于明代郑州，是郑州城市近千年文化生态中的一脉清流。新的天中书院其实是一个历史文化重建项目，院长李伯谦先生提出重建理念"天中书院，大家的书院"，监学王文超先生、督学王巍先生也都希望，通过天中书院的文化功能重建、建筑场景重建，延续郑州文脉，保存文化记忆。

岸青说是辍笔，其实这些年，间或还是有一些写作活动的，写过歌词、郑州历史随笔、电视剧本、舞剧脚本和许多集纪录片的文稿。尤其退而不休，策划（兼撰稿）《发现郑州·先秦篇》八集考古纪录片，撰稿并客串执导过《足迹——东亚现代人起源》五集考古纪录片、《考古人——致敬考古百年》等。很难想象岸青是如何进行时间管理的。手边的事儿那么多，他竟然还能重操作家旧艺，趴在灯下写出了《河洛古国——原初中国的文明图景》等三本书，其中《河洛古国》这一本，洋洋洒洒二十多万字，大象出版社出版后市场表现良好，一不小心还拿了一个河南省优秀图书奖，据说他手头还有三本书共计五六十万字等着交稿。我想说，理想再丰满，不能太性感，健康很重要，一定要悠着点才好。

这老兄待人接物近年也变得更加从容、悠闲且温和了。早些年你去找他，他会站在你的一侧，用肩膀对着你，扭着头和你简洁对话，做出一副"我很忙，我马上要走"的姿态。现在画风略有变化，他会请你坐在对面，用宜兴陶壶为你沏茶，用好看的小杯子给你递上一杯香茗。即便站着，他也会与你正面相对，眯眼笑着与你热聊。与你意见不一，他也会瞪圆眼睛与你争执。这就是时下的岸青，书院中的岸青，一个更真诚更本色的岸青。

岸青嗜书成癖视书如姬。有句读书人的话在江湖上流传已久："书和女人概不外借。"最初的版权据说在他这里。找他求证，他未置可否，只是表示理应如此：二者皆为世间洁物，应当怜惜敬重。岸青说：书不可转借，却可以慷慨相赠，表达英雄相重、书生互助之意。

岸青有两个书房，一个在家里，另一个就在郑州市图书馆里，图书馆室内六七千册各类图书便是他从家中捣饬过来捐赠的。岸青有个计划，就是要捐出自己的全部藏书，办一个二十四小时都开门的公共书房，给这座城市的读书人留一盏彻夜的灯。

岸青书房入口处有一尊钢板人体半身雕塑，简洁到不能再简洁——一块"凸"字形的钢板代表人的头颅和身躯，钢板左右两侧轻微内屈，象征虚怀若谷内敛自持，面部两根钢丝弯曲下垂，象征高寿与智慧，前方两片交叠的竖向钢板像是施揖礼的动作，象征古典礼仪与传统文化。有人说这是孔子造像，有人说这是老子造像，儒者济世，道家无为，观者意见不能统一，岸青也无所谓。岸青过去从来没有座右铭一类的东西，如今书房侧壁上却挂了一副考古学家徐天进应嘱书写的对联："与简单人聊天，在干净处读书。"此联为岸青自撰，用以自勉。有朋友用诠释学观点把钢板雕像、自撰对联加上齐天大圣肖像捆绑起来分析这些物象与岸青的关系，说是其一代表了主人文化传承的使命，其二显示了主人洁身自好的文化态度，其三则是主人天性的自然流露。不知岸青兄以为然否。

先有书，而后有书院。书院首先是读书的地方。岸青在微信朋友圈里和大家打招呼说：书院是大家的，希望你我他一起在读书的日子里继续成长。书院里可以有不同的声音和不同的发音、放送方式。这是我们创办书院的初衷，也是书院存在的方式、价值和意义。

　　以前也听别人说过，景柱有不少书，我晓得很多企业家也会有很多书，装帧比较漂亮的那种，但我也知道，很隆重的书一般不是用来读的，因为我有一段时间便是如此，越没有时间看书，越会买些成套的书，一是表达对书的怀念，二是满足虚荣摆起来让别人观看。类似的心情和经验让我以往没有去过景柱的书房。

　　前几年，有次嵩山论坛的年会上，景柱发布的演讲让我大为惊叹，实实在在没有想到景柱上来出口成章，且皆是华彩乐段，讲《论语》、讲易道，然后生动融入他于社会和经济的观念之中，给深具哲学色彩的论坛带来一节跳跃的音符。当时我是会议礼仪主持，居然一时间想不出小结的评语。会后夸他，他不免得意地说：临时起意的，太仓促，哪天准备好些，我再来讲！

　　景柱自言自家的癖好是：数理化的工作，文史哲之思考。我看也是，这文化和经济的馅儿拌得鲜活！

　　哪天，真的要去景柱的书院好好坐坐。

——齐岸青

景柱：
行者书院

文 | 李 韬

景　柱　│　1966年生于河南兰考。海马集团董事长。当选全国人大代表、全国
　　　　　│　政协委员。出版专著《中国汽车企业核心竞争力研究》，并有《行
　　者》《问道》《动禅》《心歌》随笔集问世。

《淮南子》有句："提挈天地而委万物，以鸿蒙为景柱，而浮扬乎无畛崖之际。是故圣人呼吸阴阳之气，而群生莫不颙颙然仰其德以和顺。"

海马集团创始人景柱籍贯为开封兰考，他身上还多少残留些苏门学士的"宋风遗韵"。

丙申仲秋，汴商联合会成立大会在宋都开封举行，作为首任会长的景柱，在欢乐祥和的气氛中发表了题为《宋商天下》的演讲。他纵横历史，思接千载，捭阖古今，精骛八荒，力证了陈寅恪先生那句话："华夏民族之文化，历数千载之演进，造极于赵宋之世。"

"修身，齐家，治国，平天下。"以"士大夫精神"为旨归的景柱于海马集团郑州总部顶楼辟出一方净土，为精神找道场，为修齐建禅堂，聚书成院，颜之曰"行者书院"，乃于坚硬的钢筋水泥之中"守正习六艺，弘道诵五经"。

承传书院"立德、立言、立功，士先立志：有猷、有为、有守，学必有师"之根脉，景柱以"行者书院"为道场，实修身、修心、修炼、修为之蒲团，真读书、藏书、写书、论书之净地。

行者书院每有访客，景柱都会拿出两本"镇院"之书，娓娓道来，生动讲述，"三大深奥哲学问题"也被他化解于无形：

一本书是《景日昣文献选集》，是景氏家族后裔自费印刷的。景日昣是清乾隆皇帝的恩师，也是景姓里程碑式的人物，晚年亦隐居于嵩阳书院东叠石溪北岸逍遥谷著书立说。景柱每有嵩山之行，都会去景日昣汉白玉雕像前祭拜，瞻仰先祖，追根溯源"我是谁？"

一本书是中央编译出版社出版的《多彩的和平——108名妇女的故

事》，这本"要让世界承认，和平是永恒的主题，战争是非理性的"的书，夹着一个"莫移初心"的铜书签。第五百七十二页记录的是一位叫赵凤兰的农村老太太，她是景柱的母亲，老太太朴素地认为"一个人有钱不是幸福，大家都快乐才叫幸福"，这也就回答了今天拥有非凡成就的景柱"我从哪里来"的提问。

因其长期辗转京、琼二地，故每地皆设"行者书院分院"，庋藏分崩离析，翘企早日"合体"。"三地书"达数万册，这些书犹如火箭升空的液氢，将助推景柱飞得更高更远，并告诉他"我到哪里去？"

"为学日益，为道日损。"先祖景日昣"嵩山的百科全书"《说嵩》一书扉页"外方柱史景日昣冬旸氏"下有方大印，印文曰："昼之所为夜亦焚香。"

为学、为道，即是景柱的"昼之所为"；白天太忙，日理万机，那就"夜亦焚香"，精骛八极，心游万仞。

国有国史，家有家谱。

在兰考景氏家族第六次修谱期间，作为景氏家族之荣耀，景柱作《兰考景氏家族的根与魂》长篇序言，从关于家族前五次修谱情况、关于家族四次迁徙情况、关于家族的郡望与堂号、关于祖上名人、关于家族辈字排列、关于修家谱的意义、关于本次修谱表彰等七个章节悉心爬梳，精心考辨，敬心撰写，"谨望上不负祖宗，下不误子孙"。平日管理着数万人的企业，修个家谱这等"闲事"，他依然郑重其事——"敬天法祖，慎终追远"，深入骨髓，植入灵魂。兰考景氏家族铭有"仁孝、读书、务本、明理"八字家风，景柱活学活用至企业管理，并沉淀为"偷不去、买不来、拆不开、带不走"的企业核心竞争力。

回望来路，反哺桑梓。

景柱为家乡捐了上百万重建"大李西村小学"，并亲笔题写校名；每年高考放榜，他还设立了"景柱奖学金"，为家乡每一位金榜题名的学子颁发奖金，勖勉来者。无论家乡有任何事，只要找到他，他都会出钱出力，报得春晖。庚子春节期间，正值疫情肆虐，景柱在"行者书院"自我隔离，九岁的女儿和六岁的儿子颇为担心，挂牵父亲，联手写了一首《爸爸》："几天何处归？雷阵爸扫雷。霸气又威力，只有爸爸陪。"童趣蔚然，诗风盎然，家风而然。

早年景柱曾恭立厉以宁先生门墙，老师并为其《行者》《问道》二书赐序，并称"景柱是我的优秀学生之一"。

庚寅年，景柱曾陪同八十高龄的厉以宁有俄罗斯之行。在圣彼得堡刚安顿好，老师就给他布置作业，要求第二天早上七点交卷，并一大早起来批改。景柱感叹老师"持戒进取，苦若行僧"。

戊戌年，恰逢海马集团成立三十周年，老师又手书寄语："遥看一色海天处，正是轻舟破浪时。"

创业为学之道，本是逆水行舟。受老师立身行事之人格魅力濡染，景柱索性将微信名改为"行者"，扎根脚下，亦步亦趋，稳步当车，踏石留印，并出版《行者》专著立此存照，以彰修行悟道之真。

举目四望，大家不是"苟且"活着，就是在"得过且过"；做事只求"差不多"，做人更是"差不多"，胡适笔下的"差不多先生"转世矣。

"书生一介，甲子一轮，立言立功，殚精竭虑，问计民瘼国运，策策皆厉；桃李满园，栋梁满堂，亦文亦诗，呕心沥血，嘉惠士子学林，字字以宁。"乙未年，八十五岁的厉以宁教授为五十岁的学生景柱审定书稿，八万多字，细致斟酌，一个标点符号都不放过；特别是诗词部分，老师用红笔逐字逐句修订，并把每首诗词的平仄都处处标出，误用的韵脚一一注明。

治学之境，唯真唯实；联芳续焰，犹如传灯。景柱继承老师衣钵，无论在海马集团管理企业还是在湖南大学带博士生，他素以严谨著称、极致闻名；每篇文章的语法与标点都逃不过他的"火眼金睛"，就是一篇讲话稿他也字斟句酌，数易其稿，臻于善境。

碰到心仪的图书，景柱精读思研，慢工细活儿。前几天，我陪王守国、张宇等一众文化大咖到他办公桌参观，桌上放着一本钟叔河先生的《念楼学短》，一页一页都做了注释和眉批，不认识的字手边还放了《现代汉语词典》，连字典都"不认识"的字还会"不耻下问"于大家。己亥夏初，五一劳动节前夕他拿到了张广智的新著《豫东 豫东》。趁着小长假，他一口气读完，并"脑力劳动"落笔随想，写出书评《恰像新出土的春红薯——喷喷〈豫东 豫东〉和作者》，并贡献金句"又忙又壮老憨腔，文武双全戳里莽"。对书中《刀法》一文中的"黄瓜宜拍不宜剁，蒜泥宜捣不宜切"也能信手拈来，活学活用于各大饭局与餐桌。

文者，贯道之器也。"观乎人文，以化成天下。"

景柱对文字有天然的敬畏，他写的每一篇稿子都精心打磨，书稿下印厂前还在不停地修订；甚至是新闻通稿、企业自宣他也"不假人手"，亲力亲为，亲审亲定；幸好他有新"四项全能"傍身——文章不用秘书，文字不用文具，开车不用司机，出国不用翻译。

有次参加完"青风院子"的一个活动，在回程的考斯特上他就开始催稿子。稿子来了，他在车上又用手机一字不漏删改，也不怕晕车、呕吐、毁眼，羞煞我们这些靠文字吃饭的"甩手掌柜"。

笔耕有年，持而不辍，景柱现已著作等"腰"。

他不放过每一次开会的发言机会；不仅认真准备，而且亲自操刀；讲完后再扩充增订，鸿篇巨制，雏形粗具。我曾有幸读过他《文明的脉络》单行本，即是他一次大会发言的"发挥"和"挥发"。

2021年国庆节期间，中国第一个被动式美术馆——海汇美术馆落成，恰逢景柱五十五岁生日，"感慨系之"，洋洋洒洒数千言作《数学、艺术与科技》一文："哲学之外，数学是万物之本，艺术是万物之美，科技是万物之力。先有数学，后有艺术，再有科技……"从《易经》的"结绳计数"讲到《尚书·尧典》的"营养平衡"，从庞加莱"圆盘模型"到天津"滨海之眼"，从欧几里得的《几何原本》到贾思勰的《齐民要术》，文章庞大如《沙丘》，驳杂如《三体》，横跨文、史、哲，纵贯儒、释、道，非学富五车者不可为也！非胸罗万象者不可达也！

每个人都不可避免地遇到这样那样的问题与困难，抑或职业倦怠，抑或事业瓶颈，抑或路径错误，抑或家庭裂痕，抑或教子无方，抑或灵魂不安。为免此"人生六难"，景柱步入不惑之年后，即坚持每天"运动一小时，耕读一小时"，苦练"孤独功"——"定力尽在孤独处，内功都是磨肉身"，以此清守灵魂，作为自己的"动禅之道"，并著《动禅》以记之。

每天"运动一小时"主要是长跑，风雨无阻，夏日大汗淋漓，冬日披星戴月；一年下来三千余公里，相当于近一百场马拉松。景柱曾有半年跑了三十六个半马的历史纪录。

以行动之实，践"行者"之名。

景柱常挂在嘴边的两句诗是"明月有缘成知己，清风无碍结良俦"。

在修行的路上，"行者"也不断收割着"明月"与"清风"。

一部《老子》行天下，半部《论语》治海马。景柱以儒家思想打造"品质海马"，促其成为"中国符号"，享誉海角天涯。

他用极大的耐心和毅力抵抗着来自四面八方的蚕食与掠夺，坚忍而耐烦，笃定而专一。

他一直有个"六本木之梦"，想把日本著名的商业地标复制粘贴到郑州，把时尚名店、名牌餐饮、五星级酒店、美术馆、公寓式酒店等城市元素融入城市综合体。最初的想法很不被业界看好，甚至有主管领导坐而论道、自我唱空之嫌。

"不患无位，患所以立；不患莫己知，求为可知也。"（《论语·里仁》）景柱一直记着老师赠予的铭心之言："烦恼皆因缘未尽，心宽无处不桃源。"他"独持己见，一意孤行"，誓要打造出郑州的首个"城市会客厅"。

看好了，不是"城市歌舞厅"。

"让城市因热爱读书而受人尊重。"因自己的读书嗜好，景柱在设计海汇港之初，就有引进一家书店的愿景，最后把最好的位置给了"尚书房"，足见他是多么地"尚书"。

现如今，郑州海汇港已经成为郑州夜生活的地标和万千网红的打卡胜地。

夜幕降临，立于行者书院的玻璃幕墙，俯瞰周边繁华，犹如东京梦

华，触景生情，胸臆舒卷，景柱不禁想起北京行者书院乔迁时写的
一首应"景"之作：

> 新年第一天，
> 书院得乔迁。
> 满园闻书香，
> 寒冬是春天。
> 曾是读书郎，
> 幸得伊人牵。
> 漂泊四十载，
> 书屋心最安。

范强写我了，我就不好再去范强的文字面前饶舌了，这本书里无论是描述哪个人物，无论有无调侃，都是要把"表扬与自我表扬"进行到底的！只能讲一句话，我做很多事情都是会去找范强的，这样会给自己添点底气。

写范强的是我的弟弟。

齐岸民最初在这本书里是要作为受访者出现的，我坚持了一下，要他放在其他地方表现。以往，家人和朋友在总结齐岸民的成长路程时，往往会指出我对他的奇怪的严苛和障碍。尽管如此，还是没有阻挡了他在文字写作、艺术创意圈子里的影响力。前些年朋友们就说过，以前介绍他时会说：这是齐岸青的弟弟。现在要介绍我时会说：这是齐岸民的哥哥。

我们的父亲去世早，我在家里老是端正站立着。

家里多一个愿意恭敬文化的，其实心里还是挺高兴的。

范强也是我的兄弟！

——齐岸青

范强：阅读与书写并合的本质

文｜齐岸民

范　强　｜　笔名婴父，1960 年生于郑州。文化学者。曾任郑州市旅游局局长、郑州市政府副秘书长兼郑东新区党委副书记等职。出版文化专著十余部。

范强是阅读者，同时也是阅读制造者。这样的结论，基于过往和现在的范强，所能构成的个人阅读史和书写成果。

从范强的书屋里，我看到一个持续阅读者无法掩饰的外化物象，那是自己熟悉又亲和的场景，这种场景源自书籍营造出的气氛，甚或连带着气味，只有图书馆、书店存在这种被拉满、被羡慕、被赞誉的空间围合。

范强家不单专设了书房，连客厅、卧室甚至储藏间都预留一隅以纳不断增量的书籍，范强先生私域不独书籍，绘画、雕塑、图像以及文杂间或其中，如是不事外宣的日常家庭细碎、局部，无疑隐性地透露出主人的习性、嗜好、品位、追求等。想想一万五千册书籍的所有权者，倘如不为阅读，要这么多书做什么？只有专司收藏书籍者例外，范强显然非收纳偏好者。

其实，最早知道范强先生，是因了他的摄影集《九场所》《精彩郑州》，他街拍的习惯已延续二十余年，直到今天依然保持着，依然是我们眼熟并忽略的郑州城市街景，范强以及同时代所有街拍者，都是不经委托亦复兴趣使然的摄影者，这种记录式的拍摄，随着岁月延伸所形成的"蹉跎"感，会莫名地唤起阅读者隽永的记忆，就地域图像而言，无论魏德忠的《老郑州》《红旗渠》、姜健的《场景》《主人》《筑城者》还是范强的《公共空间》《九场所》，俨然成为我们阅读过往、记忆过往的"图像档案"。

范强所构建的城市图像，可以视同对于一座城市的阅读，它不是城市风景，不是具体人物，不是新闻事件的"攫取"，而是客观地将人与公共空间置于一种关联，辅助主观"剪裁"并凝固于图像介质中，继而形成接受性阅读。范强的摄影本质，存在着自我阅读与被别人阅读的视觉连环，他主观强烈地预设了这种存在。

阅读的概念，并不限于古老的刻写版、竹简、纸页和屏幕的传递，连接人体最敏锐部位眼睛所收纳的自然景物、人文图景、世事流变都可以视为阅读，换句话说，阅读有狭义与广义两说、两维。

至于范强阅读的维度是自有能动还是主观后觉，推测极有可能是并行推演的结果。事实上，获取阅读多维能力者，必然内存"阅读思维"，其与单纯的阅读有着质的区别，一如艺术家与画家、雕塑家、版画家的区隔，前者以哲学统领行使艺术实践，后者以主观志趣借助技术塑形、涂抹、刻画乃至造美。

大凡具有阅读思维者，双眼之外另有第三只眼看世界，有将日常琐事处理清爽、快速调频的能力，比如无论多么繁忙仍可以自洽到一种逻辑状态。范强没有给自己预留困顿、迷茫、别扭的余域，没有让自己的新书招尘、笔墨干涸，而是竭尽余暇地以微观历史的视角、非虚构文学的手法，敏锐地捕捉郑州城关键时期、关键节点、关键事件并基于文献、采录，兼之主观辨识、梳理、归纳融合笔记、地志、历史的书写体例，陆续书写了《双塔记》《郑州人》《水龙吟》《新省会》专著，意在迫近还原一个时期、一个侧面、一个微观的郑州史，他凿通了制造阅读的时空隧道，还原了一个比一般人卓尔的自己。

如是卓尔的范强（其个人未必这样认定），必然有一个前范强潜力的存在，尤其自后推前复述一个人的阅读史，最想知道初始阅读的故事。果然有一桩往事抖搂："我小时候就住在河南省人民医院的家属院里，离医院不远"，这不远的距离促成了他和同院的小伙伴经常"嬉戏的场所"，因此"对医院的每处设施，都再熟悉不过了"，可以完全处于"东奔西跑，无拘无束，如入无人之境"的撒欢状态。撒欢之间意外地发现被封存的书库，于是范强参与了将书悄悄地装袋、拎家的秘密行动，风高夜黑中移出库房的书多是少年看不懂的医学典籍，仅有《小经洞》《董存瑞》《老残游记》三本书尚属人文读物，其中《董存瑞》最迎合那个时代少儿认知热点，也最令少年范强如获至宝、倾心阅读，由此圈存了其个人记忆并成为个人阅读演进史的叙事起点。

我倒不认为少年范强一次"拿来主义"的阅读经历，会就此奠基其未来的阅读、书写之路。唐诺先生讲："阅读之难，不在于开始，而在于持续。"我深以为然。直至今天范强依然保持夜读一本书并随手标记的习惯，无疑此习惯乃后天经年累月养成，包括书写的习惯亦然。

此外，范强的阅读、书写系内循环并合式的，其自认基于个人的"三有观"，即有心、有情、有趣。范强将其视为人生"三友"，并以此赋号一间书房谓"三友居"。随着存书的递增，与之对应，书房的间数不得不扩量，于是雅号也就多了起来——东风草堂、厚乐堂、东张西望斋、聚忆堂、鄙庐等。雅号纯属遂心、遂意、遂念，那"东风草堂"不过是因家宅临东风渠边而得名，"鄙庐"则系此书房位于城郊的缘故，至于"东张西望斋"无非是时常从郑州西区回父母家陪护而特设书房的冠名。若深一层解析，则意指杜甫草堂、子产北鄙、东西文化研究的隐喻。至于新近的"聚忆厅"，灵感来自《水浒传》梁山好汉"聚义厅"的谐音梗，一字替换的另层意思则表明其收集、记录、整理、书写关于郑州历史的集体记忆和私人记忆的旨趣。至于雅号，乃古代文人雅趣，传习今天依然是雅趣。

论阅读、论书写，最紧要的是舍得花时间，多数人的时间看似很从容、自由，其实不然。时间都跑哪里去了？很多人会重复、循环以至于无趣单调地进入管道生活模式，上班下班、吃饭睡觉，间或在路上、在等电梯，每天的时间轨道几乎是被规定好的一样，或被一种自我懒惰、拖沓、平躺白白消耗了。

范强将自己从时间管道里拔了出来，依据自我判定的价值顺序调度时间、利用时间。就其个人工作履历看，无论任职城建、交通或旅游机构管理者，多善于以工作为基准点，自行学术性研究、调研、实践，此处自有相对应的实绩可圈可点，而闲暇之余文学性散文、随笔则是其书写的"号外"专著，《城市伫望》《街巷散步》《居留与游走》《私人记忆：非虚构微故事》等，范强的一部分时间毫无疑问都跑到写作上了。时间不独是时间，它会自带、附着情绪。如不尽兴、不愉悦，一个人的阅读和书写就无法持续，阅读是相对隐性的私密愉悦，而书写往往自带复刻、转印的公开意念。

范强的阅读基础，不囿于白纸黑字、数字屏字乃至于语音、视频，无字冥想地阅读过去、阅读现在、阅读未来，也可以视为阅读的一种，此乃你我无法观看到的范强内部，而实存于生活中的范强，和我们中的大多数无故不离身的手机、和我们中的少数置于书桌电脑前以码字为能事者同频、同道。

问过范强的阅读习惯或阅读技术，非如宋儒朱熹《读书之要》中的"大抵读书，须先熟读"要义，范强阅读规律略有改易：先泛读，再熟读。泛读是寻师，熟读是拜师，而二者阅读终极目标则是借助他者的书写，犹如"出于吾之口"，犹如"出于吾之心"，这种他者与我者的转化，范强抓到了"点位"，毕竟在范强看来若实现古人"读万卷书"的标格，并非一字不漏地过目阅读，泛读是必然的，熟读是必须的。

至于"行万里路"，范强认为在不费脚力可行万里的当代，所谓的公里数已经不重要，孔子、嬴政、法显、张骞、玄奘、徐霞客等古代行者路程，当代人多能够超越。范强说他去过三百座城了，每座城都是一本书，倘若不将游历设定为一种体验式阅读，去过的地方再多亦是观光。

有如是新解"读万卷书，行万里路"八字者，大概逼近属于新的理想状态者，他们或可称谓新时代"八字"标格者。

联想拎着相机游走、伏案阅读、归宅码字并将书籍视为工具的范强，他的身份已经被认定为城市文化学者、城市历史的书写者，而我在想，是什么力量日久天长、不期然而然地塑造了他个人的专长，是阅读与书写的并合能量，促成了过去、现在范强的本质，或是人生某处节点触发了他、点燃了他？那本少年读物《董存瑞》不至于那么重要吧，最多属于过往阅读故事一则。

生成实际真实的范强本质，是否为阅读与书写并行流变的结果，常规思维可以这般认定，然而另种无形的力量或独属于他个人的力量生成，可能存在却又说不清楚。能够说清楚的是：许多识字者并不经常读书，经常读书者未必能够成为书写者；此外，与其说书写是一种不折不扣的技能，不如说是一种志趣的自然养成。我和范强先生大致认可这等说辞吧？

最后，补充一点跑题的话：曾经以为自己的存书足以"砸人"了，过眼范强先生家宅存书之丰富和芜杂后，再度领教了什么叫——山外有山般的类差。

写赵曼的缀语有些难以落笔。论年龄她是后学，不可闲笔略过，摆出些师辈的姿态可能也算是恰当，但年龄实在不是师尊的理由，何况她的阅读比我的还要古老和凌厉，我若胡诌乱道是会露馅儿的。

这几年，赵曼绮丽画风渐变，笔触又渗透到考古遗址里面，选择了一个深厚艰辛的课题。之所以有艰辛的感觉，是因为我拍过一些考古的纪录片，知道最让脑子疼的是，你面对的实在是一个简单到无法再简单的画面，遗址几乎是一律单调的黄土，为了好看，你需要解决很多的难堪。未曾料及，赵曼给予了这些乏味而近乎抽象的场景以丰富的色彩，让我们以前很难触摸到的历史尘埃，成为饱满生动的形象。一切才刚开始，我很期待有一天，她的画会成为考古学家的欣喜。

读过赵曼的散文随笔，和她的绘画一样明丽清新，很是喜欢。也许她是缪斯女神派来的，给人很多艺术想象。

——齐岸青

赵曼：寻找艺术的『天地之中』

文｜张体义

赵　曼　｜　1976生于新疆喀什。画家。作品多次入选全国美展并获奖。出版个
人画集多部，以及《尘露微吟》《流水闲云》《文脉寻踪》等散文
集。现为郑州画院专业画家。

中央电视台播放了长篇纪录片《人类的记忆——登封"天地之中"历史建筑群》，纪录片中，青年赵曼展示了她画的"天地之中"，并说：当我有一个想法想要画出来观星台，同时又想把"天地之中"这个概念完全具象化的时候，我找了很多种方法去尝试。

历史建筑群前还要加上"天地之中"，有没有点玄幻的感觉？据说，登封"天地之中"历史建筑群刚申遗的时候没有一次性通过，就是因为"天地之中"这个概念没有整明白。

解释起来不易，画起来更难。记得有一年河南省美术界举行过一次中原文化主题创作，不少画嵩山的画家都对"天地之中"这个题材敬而远之。上有天，下有地，中间有个"中"，赵曼是从何处下笔呢？

认识赵曼已经有些年头了，很长一段时间的印象，是她初入郑州美术馆时的"才女画家"形象。

二十年间，断断续续看过不少赵曼的画，集体展览上的"零打碎敲"，个人专题展上的"集中轰炸"，还有观看作品集时的"仔细打量"。赵曼画画好，散文写得也不错。绘画和散文既是她内心世界不同侧面的艺术表现，也用两种途径揭示了当代中国知识女性丰富、深邃而微妙的心理世界。赵曼的"写实人物"作品获得过全国性展览的奖项，都市女性和儿童题材作品赢得了艺术市场的青睐，"葵风系列"作品受到了美术评论界的高度评价。这些变化的内在动力来自赵曼的阅读与文学创作，"才女画家"的光环背后，是一个地地道道的文学青年。

当下最流行的阅读是网络阅读，而且分为男频与女频，其实这种阅读的分野在地摊租书时代就非常明显了。20世纪八九十年代，大街小巷到处都有租书摊店，男生看的金庸古龙在左边，女生借的琼瑶亦舒在右边，泾渭分明。

赵曼的课外阅读最早也来自学校门口，马路边的小人书摊，一两分钱，蹲着看到天黑。上了中学她就开始光顾塞满流行书籍的租书店和中外名著的学校图书馆，几乎读完了所有她能遇见的书。在二手书市场，也淘了不少令人艳羡的港台盗版和过期杂志。当时的大中专院校，最受欢迎的是文学社团。从小酷爱读书写作的赵曼，十二岁在《喀什日报》上发表文章，十六岁就组织了诗社。赵曼邀请文联的作家诗人和本校外校的语文老师来给诗社做讲座，自己也每周坚持用蜡板刻印社刊，从热情的投稿中选择志同道合的人和他们的文字。那是一个令人怀念的热爱文学的时代，读书的成本极低，谈书的话题总是容易吸引热烈的反响。

阅读丰富着自己的内心，也滋养着女儿的成长。赵曼在女儿六个月大时就开始陪她读书，直到女儿自己抱着书本要求大人读那念了几十遍的故事。从小人书到绘本租借馆，遇到值得反复看的书她才会买，大多数还是租书看，图书馆、书店，能蹭就绝不花钱，但是该买书的时候也从不手软，整套的希腊罗马神话，让女儿把西方众神捋得明明白白。当她们在土耳其古建筑的废墟中游览，女儿像个讲解员一样给其他游客讲述残垣断壁上神像背后的故事。去李商隐墓游春，听妈妈讲起那些经典诗句的由来，女儿会发出幽幽长叹，为诗人的境遇感慨。每个学期的语文课本，赵曼和女儿只用三四天就能看个大概，一番吐槽后就开始聊课外读物，妈妈读《三体》，女儿读《世界科幻短篇小说》，她们都喜欢大刘，只是女儿和妈妈看到的世界略有不同。

十几年里，赵曼家的电视几乎被遗忘了，以至于老人来家里竟想不起来怎样使用遥控器。在网络爽文里畅游了几年的女儿，读高中后也终于回归到传统文化的怀抱，这期间，她写的微小说《庭有枇杷树》被河北省文联的《小小说月刊》发表。

赵曼说，我佩服女儿拥有比我强大的包容力——她擅长写小说，必须能够写一些自己不喜欢的人，忍耐他们的可恨之处并塑造丰满的形象。写故事我是不行的，散文更适合我的表达方式，所以我们终于可以像席慕蓉诗句里说的那样，像两棵树，各自精彩，相互欣赏，她读我的散文，有圈有点，我听她诉说读史和读诗时的惆怅，为找不到同龄人的共鸣而沮丧。我曾经遗憾她没有我当年读书的环境：大把的时间，不必被手机电视侵蚀，没有错别字连篇的网络小说，没有傻白甜霸道总裁无脑爽文洗脑，在我们那个更纯净的读书时代，读书人都被高雅的文字筛选过，除了文盲，大家很容易达成共识。然而在今天这样的物质丰盛的时代，泥沙俱下，作为家长无力与流行文化对抗，我寄希望于她童年受到的熏陶和青年时代的觉醒。读书，会一时让她感到被孤立，但会一世不离不弃地做她的精神阶梯，让她走向更高更开阔的视野。

和女儿一起阅读、成长，赵曼还坚持写作，先后出版了三本散文集《尘露微吟》《流水闲云》《文脉寻踪》。这些作品集除了第一本写她在新疆的生活记忆，后两本都有点读书笔记的意思。

赵曼读的书很杂，有明清笔记志怪小说，有最新的科普著作，当然还有中外哲学文学经典。

想了解历史，就选择不同视角又有卓越见解的作家，比如明代张燧的《千百年眼》，当代学者许倬云的《许倬云说中国》。想了解道家思想，既读《南华真经》《周易参同契》和老子、列子、邵康节，又看《金花的秘密》和魏礼贤与荣格。研读佛学，既把《真现实论》《太虚文集》奉为上师，又常将意大利学者图奇的《梵天佛地》放在枕边。茶桌上摆着《我包罗万象》，私心默默地对它说你是朕的贵妃，但《自私的基因》《汉魏六朝笔记》和发黄的钱穆文集还压在"她"的头顶。这些书虽然都通读过，但偶尔再翻两页的习惯，就像腕上的手表，看似无用，而不可或缺。

赵曼善于将传统诗文作为发展人物画现代品格的营养液，骚动的墨与色交织的灵气奔放恣意，以传统结构的线描法，略加夸张、变形，使人物造型既准确又活泼生动。她的诗文学养，提高了多思善变的绘画能力，既以现代观点注入传统，又用散文、笔墨来表现极其深广的情感空间，在瞬息万变翻滚交叠的浪潮中，捕捉大千世界的生生息息、点点滴滴。她的一些绘画作品把绘画由表面的现实主义转向对人的生命本质的终极思考和追问，显现出与绘画路径不同的一种文学路径。

面对赵曼的画，既要看，更要读。

2020年冬天，应邀去郑州美术馆参加《天地中·河之南——赵曼考古水墨展》的研讨会和《文脉寻踪》新书首发式，书中的一些文章提前看到了一些，但是展览的一些大型作品还是让我吃了一惊。

画风变化有点大，上一刻还在如意湖畔咖啡馆里临窗而在，下一刻就跑到了黄河岸边的双槐树遗址，徘徊在黄沙野草间。

《天地中·河之南——赵曼考古水墨展》展出了赵曼四十九幅中国画作品，其中郑州考古遗址水墨系列由六幅大型作品组成，创作构思取材于郑州大河村遗址、巩义双槐树遗址，力图对裴李岗文化、仰韶文化等黄河流域早期文明所遗落的吉光片羽，进行水墨艺术再创作的探索。

文字形成之前的漫长岁月除了神话传说留下的蛛丝马迹，基本上属于"失落的文明"。直到考古工作者用手中的铲子将大地之书一页页翻开，当代的人才活生生地感到脚下的土地曾活动着无数的生命。考古的特性是见物容易见人难，这种缺陷给艺术家留下了很多的想象与推理空间。

这样的跨界尝试仅仅靠勇气是不够的，还需要学养的支撑和对考古的切身感受，读书、读大地之书是进入的不二法门。

因为工作和家庭的原因，赵曼多或少地受到过文物考古的熏陶。开始创作考古水墨系列作品之前，已经大致读过李伯谦、严文明、李学勤等先生的考古学著作，冯时的《天文考古学》更是被翻到快要散架。她还经常在B站各种大咖的视频讲座里搜奇，一切新的有可能的异想天开都是她关注的兴趣点。这是一片充满活力的蓝海，只要充满对新知的渴求，就总能看到不一样的新世界。

考古水墨组画之一《双联同心》的灵感，来自大河村遗址出土的彩陶双联壶，无论是造型的独特性，还是它身上抽象线条的差异，都暗示其中隐含着特殊意义。为了画这幅画，赵曼多次到大河村遗址，她熟悉这里的展厅，熟悉文献资料里的仰韶文化，但这些都远远不够，她需要让自己的整个身心在这里回归远古，寻找心灵的契合和艺术灵感的突破。双联壶身两侧可穿绳的环突，给了她创作想象的空间。一条绳子，连接的是两个人的心，也是两个部落的盟约，由此，画面的核心部分便是由新郎执壶、新娘穿绳子，这一富有象征意义的形象展开。

赵曼以传统笔墨宣纸演绎考古遗址与出土文物的全新尝试受到了业界的肯定与好评。但是，赵曼觉得还远远不够，面对浩瀚的远古时空，她仿佛是个穿越的小鹿，好奇而充满忐忑。

赵曼的画室里，考古类的图书到处可见。张光直的考古与美学理论，刘静云的《天神与天人之道》等著作，都给了赵曼很大启发，李约瑟的《文明的滴定》，法国学者的《4000年中国天文史》等著作，让她看到中国传统文化和科学技术在海外的强大影响力。

赵曼说，"作为一个执毛笔为生的画家，用大量的时间、精力研究出土文物和考古学，似乎有点跨界太远，但将考古与水墨融合进行创作，却成了我生命中最有意义的事。"

"天阶夜色凉如水，卧看牵牛织女星。"浩瀚的星空很早就开始吸引着中国人的目光。

继2020年成功举办展览之后，赵曼考古水墨的第二系列作品《星曜河洛》，也得到郑州市文广旅局的资金支持，将在2023年秋季展出。延续着之前的探索，赵曼从巩义双槐树遗址的"北斗九星"出发，探索"天地之中"蕴含的密码，将嵩山纳入了她新的系列作品中。她认为，天地之中的"天"，是日月星辰运行的宇宙法则，也是中国自然哲学的天道之源，"地"是五岳之中的嵩山，也是孕育文明摇篮的中原大地，"中"是以建筑形式确立的华夏一统的礼制规范，天、地、建筑、人形成一个富有文化内涵的整体，是"致中和"圆满的自然人文体现。

要把这些隐秘的信息用笔墨表现出来，必须打破物理时空的隔阂，用象征性的符号来代言。她把太室阙、启母阙上的画像砖图案单独放大，把地处黄河与淮河之中的郑州九星遗址，变为上接天宇北斗、下启周公测影台的旋钮，象征王权的九鼎与帝王背影沐浴在金色阳光下，钟鼓礼乐，文明以降，巨大的启母石前的女娇象征着第一个王朝夏朝的来临，也象征着华夏文明的孕育之艰难与浪漫。

通过艺术的象征主义表现的手段，赵曼在图式组合与水墨表达的兼容中阐释着她对"天地之中"的解读，让文物与艺术焕发别样的魅力。

读书，给了赵曼画嵩山、画天地之中、画她心中灿烂的华夏文明的底气。

在阅读中，赵曼找到了自己艺术的"天地之中"。

曹亚瑟知之闻之，以前交集不多，这不仅于他，他们这些小七八岁、十几岁的文化星宿都是如此，这是我远离文坛多年的缺课，也是老了，这套书开启了我的补习之路，冯杰、青青、孔会侠、碎碎、胡霞、刘海燕……读读他们，不至于让自己太老。

读读他们，才知道自己的"江湖"已远。

亚瑟的藏书和文笔倒是早已耳闻，这次去他书房也是有了不少感受。一个人如果用心藏书倒也不是太难，难的是你买来的书多是为了去看，而且重点之处是亚瑟能够从满屋的书堆里，很快找到你提及的书，拿到你眼前，两眼放光，对着你讲关于买书的故事。这样的快乐我也很多，只是太多的是已经远远离去的情景。他的书，尤其是旧书，我大多有过，所以在他的书房里，我会想起当年清晨去新华书店门口排队的情景，但我不藏书，以往的书早已陆陆续续捐出，印记流散，我以后还会捐出自己的书，这样能让更多人容易看到。

亚瑟藏书是很用心的，不仅仅是在意版本，李韬写到的那套《周作人著作》，他特意请钟叔河先生一一书写了题跋，使旧藏平添许多文人佳话。

我给亚瑟说，哪天我去你的书房待上半天一天的，你不用理我，我待在那些旧书里找点记忆。

——齐岸青

曹亚瑟："小鲜馆"

文｜李 韬

曹亚瑟　　1964年生于郑州。文化学者。出版《烟花春梦：〈金瓶梅〉中的爱与性》《有味是清欢：美食小品赏读》《小鲜集》《四月春膳》等著作，主编"闲雅小品丛书"（十五种）。现为东方今报副总编。

作为"老腊肉"的曹亚瑟，多年前出版过一本台湾版的《小鲜集》，故"就坡下驴"，命其书房曰"小鲜馆"。

后来我还专门找他确认过：确实不是"小鲜肉"！

这斋号听起来像个饭馆，实际上是曹亚瑟的书房。

我思忖：饭馆提供的是果腹之物，书房提供的是精神大餐，解决的都是食粮和营养问题。

这样想来，豁然开朗。

曹亚瑟是享誉国内外、读书界人人皆知的藏书家，足足两万余册，版本多，品类全，系统化，也因此收割了无数文艺女青年的尖叫。

就连"吃过大盘荆芥"的何频和冯杰到了小鲜馆都被镇住了，不断发出"咦——啊——"的惊叹。不知是"羡慕、嫉妒、恨"，还是差距太大、追赶无望，反正走出小鲜馆，一个有点失魂落魄，一个有点四顾茫然。

后来，何频就到处宣传："小鲜馆太震撼我了，回家再环视自己的书房，感觉惭愧不安。"

小鲜馆里私藏着各种版本的《金瓶梅》，哪个版本"此处删去××字"，都逃不过曹亚瑟的火眼金睛；据说还有插图版的"枕边秘籍"，非常地少儿不宜。我多次到小鲜馆，都没有眼福领略。

书读久了，就有转化。多年前他就出了本《金瓶梅》研究专著《烟花春梦：〈金瓶梅〉中的爱与性》，还"计划"再"生育"一本"《金瓶梅》中的吃与喝"。

谈起《金瓶梅》，曹亚瑟可以几日几夜不说一句车轱辘话，他还在忘我挥洒，听者一个个都已经色眼迷离，心猿意马了。

曹亚瑟的写作经历了几次转身，都比较华丽：最早写杂文，20世纪90年代异常活跃，与王大海、刘思、牧惠、邵燕祥、鄢烈山从游交善，还出版了杂文集《白开水集》。

吃饭前先来杯白开水。那时候，他为进军美食写作就埋下伏笔！

曹亚瑟曾主编过一套"闲雅小品丛书"（中州古籍出版社），出版之后，连续加印三次，不仅畅销，而且长销；他还利用"职务"之便，夹带私货，自己也编著了一本《有味是清欢：美食小品赏读》。

宜将剩勇，乘胜追击。他又把平时在《南方周末》上发的、《书屋》杂志上发的、"迷楼"公众号上发的，还有各路约稿底稿、沉睡于word文档中的"秘不示人"等各类美食文章，一一整理汇编，辑成《四月春膳》一书，由三联书店生活书店出版。甫一上市，即告售罄，而且打入月度好书榜——这个榜可不是"中歌榜"，这是"叫好叫座"的同义词，是"真材实料"，是"实至名归"。

环顾域内，写美食能写出名堂、写出花样，写得妙趣横生，写得让人欲罢不能、嘴角发痒，写得让人垂涎三尺、唾液横淌，也不是谁都有这个能力。

林语堂说过这样的话："人世间如果有任何事值得我们郑重其事的，不是宗教，也不是学问，而是吃。"

所以历朝历代关于吃的故事、掌故、段子、八卦也是不胜枚举。曹亚瑟在《有味是清欢》的前言里就梳理出一篇文人"吃货史"，历朝历代的文人吃货都没有逃过他的"魔爪"，从孔子、屈原、白居易、陆游、苏东坡，到张岱、兰陵笑笑生、曹雪芹、李渔、袁枚等，都被"一文打尽"。

吃也贯穿着整个人类发展史，古代书画、诗词也可窥一斑：

王羲之有《奉橘帖》："奉橘三百枚，霜未降，未可多得。"

王献之有《送梨帖》："今送梨三百。晚雪,殊不能佳。"

怀素有《苦笋贴》："苦笋及茗异常佳,乃可径来。怀素上。"

杨凝式有《韭花帖》："昼寝乍兴,辄饥正甚,忽蒙简翰,猥赐盘飧。当一叶报秋之初,乃韭花逞味之始。助其肥羜,实谓珍羞,充腹之余,铭肌载切。谨修状陈谢,伏惟鉴察,谨状。七月十一日,凝式状。"

除了书法,绘画还有顾闳中的《韩熙载夜宴图》、张择端的《清明上河图》、赵佶的《文会图》、仇英的《夜宴图》等,李白、杜甫、白居易、苏东坡诗词中也充斥着大量的"吃喝玩乐"。

现当代的周作人、梁实秋、汪曾祺、唐鲁孙、王世襄、逯耀东等,他们不仅会写,而且会吃。

写美食是形而上的,停留在理论上,是远方的诗和田野;吃美食、做美食才是形而下的,是眼前的碗筷和盘碟。

现代物质极大丰富,从理论上讲现代人应该更会吃,但结果可能恰恰相反,你看上班一族天天都是美团外卖。

曹亚瑟很不适应这种"不劳而获"的饮食方式,他还是想"自己动手,丰衣足食"。所以他隔三岔五就会组局,并亲自操刀,做得活色生香,吃得大快朵颐。他最擅长的,是一道江南菜——"腌笃鲜":用杭州天目山的春笋,放上一块百年品牌的"邵万生咸肉",再加上一块新鲜的五花肉,都切成小块,配上打成蝴蝶结的千张,文火慢炖上三个小时。不放一点作料,颜色奶白,馨香无比,尝上一口,真乃人间至味!

上次他邀我饱口福,我因公干,完美错过,抱憾至今。

《四月春膳》里面有一组外国作家笔下的饮食描写,如海明威、大仲马、巴尔扎克、普鲁斯特、伍尔夫等,写这组文章需要海量的阅读,需要庞大的信息池，更需要一页一页翻遍这些作家的每一本小说集，如果是我，早都吓尿啦——知难而退，智取绕道。曹亚瑟曾专门辟出"小鲜馆分馆"——一间外国文学专属书房，这次终于派上了用场。

当年房子装修期间，曹亚瑟把两间最大的向阳房辟为小鲜馆及分馆。有同事带着老婆到他家里参观，同事老婆看后"河东狮吼"："你敢像曹总这样，我就跟你离婚！"

小仲马说：吃是为了肉体，喝是为了灵魂。肉体和灵魂总得有一个在路上，所以我们要么吃、要么喝，要么吃吃喝喝。

当然，生活也不仅仅吃吃喝喝。孔子在《礼记》里讲："饮食男女，人之大欲存焉。"《孟子》说："食色，性也。"

吃美食与爱美女都是人之本性。

世间唯美女和美食不可辜负——辜负美女，倾国倾城；辜负美食，营养失衡。

这也正是曹亚瑟主攻的两大方向：一个是食，一个是色。

端的"性也"。

小鲜馆"镇馆之宝"是一套三十二本民国初版《周作人著作》，那是十多年来曹亚瑟一本一本从孔夫子旧书网上淘来的、拍来的，其中最贵的一本竟高达一万元！

"书以类聚"，虽然花了不少银两，他亦不惜，借此一套足可作为善本供奉了。

更为难能"可贵"的是，前两年他还找到了周作人研究大家、鲐背之年的钟叔河先生题了跋——每一本都题了，"念楼学短"又续新篇，长短相宜，文白交辉，书卷气氤氲，古雅风满纸。"善本"又经加持，增值应当不菲。

我曾鼓动他，光钟先生的题跋就可以出个单行本。他却不置可否，我知道他不想"拉大旗，作虎皮"，他想把自己变成IP。

曹亚瑟曾让我给他抄过一篇陆游的《书巢记》。陆游写这篇文章的时间是"淳熙九年九月三日"，淳熙九年即1182年，八百多年过去了，陆游最后的感慨"夫天下之事，闻者不如见者知之为详，见者不如居者知之为尽。吾侪未造，夫道之堂奥，自藩篱之外而妄议之，可乎？"依然合乎当下，甚至可作为修身、修心、修炼、修为的座右铭。

我自认为还读过几本书，但陆游这篇《书巢记》我还是第一次听说。就是这篇文章，彻底修正了我的人生观、价值观和世界观，也改变了我看问题的方法。也是这篇文章让我更加信服曹亚瑟：信服他的高深造诣，信服他的深不见底；信服他的渊博宏阔，信服他的遥不可及！

历代关于读书的"方法论"众说纷纭，莫衷一是，各有各的说辞。诸葛亮"观其大略"法，陶渊明"不求甚解"法，韩退之"提要钩玄"法，欧阳修"计字日诵"法，苏东坡"一意求之"法，郑板桥"求精求当"法；顾炎武善"三读"，老舍凭"印象"，巴金依"记忆"，钱锺书靠"笔记"。

鞋合不合脚自己知道，方法对不对路自己清楚。

适合自己的，才是最好的。这一点曹亚瑟深有感触，他把自己那套独特的读书心法概括为"海中捞针"法。看他那两屋子的藏书，"客始不能入，既入又不能出"，以及他厚厚薄薄的等腰著作，就知道他是如何地"海中捞针"了。

经常在朋友圈里看到曹亚瑟"晒书"，每次都是"九宫格"用满用完。对于他来说，"站在高岸上遥望颠簸于大海中的航船是愉快的，身潜堡垒深处窥看激斗中的战场是愉快的，但没有比攀登于真理的峰顶、俯视来路上的曲折和迷障更愉快的了"。

没有最好，只有更好。

小鲜馆里有盏马灯，只不过烧的不是煤油，充的是电。这是曹亚瑟每天新书打卡的最重要道具，出镜率非常高。就像冯小刚的贺岁片"铁打的葛优流水的冯女郎"一样，小鲜馆是"铁打的马灯流动的新书"。

如果哪天他晒书，忘了让马灯出镜，朋友圈就会有汹涌的留言，都在问"马灯呢？"这盏马灯也成为"共建书香社会，倡导全民阅读"的一束"城市之光"，点亮无数梦想，照向无尽远方。

年轻的时候，没有这盏马灯，曹亚瑟就把书作为道具，并分得不少时代红利。他曾不打自招："1980年代后期，正是我谈恋爱的年纪。那时我有个咖啡色公文包，里面经常装着四本厚书，它们是：萨特《存在与虚无》、弗洛伊德《梦的解析》、李泽厚《批判哲学的批判》、刘小枫《拯救与逍遥》。这四本书玄之又玄，成为我的恋爱利器和撩妹法宝，所向披靡，真把小姑娘们唬得一愣一愣的。"

书中自有颜如玉。此处找到了注脚。

清代著名学者章学诚在《文史通义》中提出："才、学、识三者得一不易。而兼三尤难。千古多文人而少良史。职是故也。"曹亚瑟才、学、识兼具，且不为职所囿，为学一往情深，治史用志不分，爱美食，著良史，富度藏，长见识。

他读书特别精细，从他在《书屋》《南方周末》《光明日报》等发表的多篇随笔就能看出来。2022年第十一期《书屋》杂志刊载曹亚瑟的《"饱蠹楼"里好读书》一文，他把民国公费、私费、校际交换生留学的费用明细做了个"深度调查"，包括梁实秋、陈寅恪、胡适、钱锺书、季羡林、徐悲鸿、赵无极、邵洵美等，考证缜密，探微知著。

明代的遗民张岱曾有言曰："人无癖不可与交，以其无深情也。人无疵不可与交，以其无真气也。"（《陶庵梦忆》卷四）写出《闲情偶寄》的李渔、写出《随园食单》的袁枚、写出《雅舍谈吃》的梁实秋、写出《花花朵朵坛坛罐罐》的沈从文，都是"深情"与"真气"之人。曹亚瑟景行行止，"保重啬神，独善其身，玄白冲虚，仡尔养真"，世俗的皮囊下藏着一个有趣的灵魂，千里挑一。

虽然三十年前都是报馆的高管了，但职场的八面玲珑和左右逢源曹亚瑟到现在也没有深谙熟络，还是一派书生意气，因物而喜，因己而悲。

有次在一个老友群里，他与一位多年的老同事就呛了起来，一气之下，愤然退群。弄得大家都不知所措，"都快退休的人了，怎么还这么小孩脾气？"

书生就是书生，被"书"弄得确实"生"了。

胡霞的文字读起来，让人很舒适，读着便想去沏一杯茶，坐在水边的杨柳树下，风吹过，有些细细摇曳着的疏影。这一切又与何频兄瘦骨但未必嶙峋、飘逸却并非挺拔的身姿很是妥帖，构成了略具民国文人身姿的意象。

见到和平先生的身影是在不少年前，在我妻子开的一间小小的书屋里，妻子进书时选择很挑剔，只卖些很多人不愿意卖的古僻的文化的书，那间书屋曾是很多我的前辈或朋友流连的地方，王大海、庞嘉季、刘思、南丁、段荃法、张一弓、张斌……我偶尔去时见过和平的身影，初时并不相识，看他寻书的样子，我给妻子说，这是个真真读书的人，但我也从来没有打扰过他。

后来我们认识了，偶尔也会聚在一起，他依然很安静的样子，给了我们不少读书的坚定。

胡霞的文字也有很多何频文字的气韵，这是我没有料到的。

——齐岸青

何频：亦文亦画，草木人生

文｜胡 霞

何 频　｜　原名赵和平，1956年生于河南修武。文化学者。出版《迷失的小蒜》《蒿香遍地》《只有梅花是知己》等多部作品，其中《看草》和《杂花生树：寻访古代草木圣贤》先后荣获"中国最美的书"。

与何频先生的会面在东风渠畔，是渠北首过惠济与黄河相接壤的地方，这里草木葳蕤、杂花生树，绿色正浓。茶过三盏，书香环绕中，听他讲辨草识花的欢喜与牵绊，画草木写草木的专心和努力，以及故友知交的过往与思念……往事在嘀嗒作响的分秒中快速回放，时间仿佛在言语中静止，在这不疾不徐、无刻意主题的闲聊中，先生的人生经历在他执着于生态、自然文学的书写中逐渐清晰、立体。

对于写作和思想者来说，书房也好，书斋也好，无非就是他栖居其中的精神道场。

"年轻的时候，在省会几度搬迁，居室逼仄，很向往有个'高大上'的独立书房。后来条件好了，生活从容了，心思集中在读写上，顾不上雕琢书房。"先生退休了，而读写热情不减，他说，"现在觉得，书乱一点，桌子、凳子小点舒服点，更宜思考和利用。"

甘草居隐在公寓楼一层东墙边，攀墙有粗壮的紫藤与凌霄，南窗外的苦楝树、北窗边的夹竹桃，皆是有年头的开花树木。就着阳台和林荫，窗外不远处的大道那厢，天好的时候，早晚可以看日月星辰。如此独特的环境，经过文化的浸润与打磨，很有几分古典的意蕴。

"书斋名曰'甘草居'，老辈桑凡先生和书家周俊杰分别为我书匾。虽然好几次清理旧藏，我的书仍显多，暂散放几处。"主人在此居住逾二十年了，却一直舍不得搬家，除了对老屋接地气的喜爱与眷恋，此外，还舍不得他们的那些猫。"这屋里、屋外的猫，每一只都有故事。屋里最大的这只白猫快十五岁了！它原本弟兄俩，黑猫先没有了。它俩是一只流浪猫生的。"门前竹篱笆下，猫儿在花盆与绿植间自由进出，还有一搭没一搭地逗着闲趣儿。这一前一后的牵扯与挂念，在岁月中也是弥足珍贵的!

插架的图书,除史学经典和人文杂著外,突出的是美术史、美学读物,草木经典和自然文学,菜谱和谈吃食的书,以及他在各地游历时买的纪念小册。先生说:"我买书是实用主义,如果不用便不买。"

先生忌讳高头讲章,说文章不分大小,言之有物便好。中学毕业,他尝试文学创作;大学毕业做革命史、青运史和地方党史研究;再后来,写随笔、小品,写专栏,写风土和草木,一直变换着姿态写作,而阅读和借鉴总是一路相伴。其习惯是保持深阅读,重要的书坚持从头读到尾,精彩的篇章,要反复读,温故而知新。全媒体时代资讯的筛选,去伪存真很重要。

先生说:"我是通过阅读当代大文人的好文章,登堂入室去理解并模仿更前面的好东西。例如,施蛰存的《云间语小录》,贾祖璋的《花与文学》,邓云乡的《鲁迅与北京风土》,等等,通过这些我知道了古人笔记的好。诸如此类,反复揣摩,以此陶冶和陶铸自己。"

这是一个由浅入深的过程,结合自己秉性气质,从20世纪90年代开始,先生转而写读书随笔和书话小品,这类文字清新轻快,兼跨治学和文学两界,热了较长时间。先在报刊上发表,积少成多,陆续汇集出版了《羞人的藏书票》《鲜活的书话》《文人的闲话》《茶事一年间》等。其间,他有幸结识了董乐山、陈乐民、高莽、流沙河,以及黄裳、姜德明等老辈,受其影响大。然而,他仍没有停止探索,创作又一次转向,逐步开始了自然文学和地域草木的生态书写。这就有了《看草》《见花》《蒿香遍地》和《迷失的小蒜》等等。

阿城在他的《闲话闲说》中说，迷恋世俗的读书人，要想写成为一篇散文，也只有好性情的人才写得出来。汪曾祺常常将俗物写得很精彩，比如咸菜、萝卜、马铃薯；王世襄亦是将鹰、狗、鸽子、蛐蛐儿写得很好……

这样的"好性情"，先生同样有，因为他的笔记体花草亦是写得精彩。在我看来，这好性情，不仅指脾气好，更是要有一颗平常心。

汪曾祺先生写凡人琐事，雅俗共赏，但因所处时期的特殊性，简约的文风含蓄智慧；何频先生的文章在叙事上细腻闲定，有处中华盛世不吐不快的欢畅，文字行云流水，逶迤道来，在笔下渐渐滋润。他迷恋"世俗"，但更多的是托物言志，透过花草在自然界中的细微变化观照生活，在热闹的都市中寻求人与自然和谐相处的大道。

"说真心话，那时候不安定，老辈们受了不少苦，而我们赶上了好时代。大学毕业后，我平心静气读了三十多年好书，寻访草木拜谒圣贤，去过不少地方，这都是读书人梦寐以求的。我有条件继承老辈的事业。"何频先生说。

先生一边行走，一边读书，阅读量是可想而知的。通过写作《杂花生树：寻访古代草木圣贤》，他大体串联温习了历代草木典籍，着力弄清楚了与河南有关的重点。从嵇含到周王朱橚，再到李时珍和吴状元，这是一条旧的本草学到现代植物学的必由道路。与纯技术性的写作记录不同，先生的草木书写，既是时尚、鲜活的，又兼顾古代笔记体文人写作的特色和趣味，还附着林林总总的手绘。于是，其《看草》和《杂花生树：寻访古代草木圣贤》，经过优秀书籍设计师刘运来的巧思妙手，相继两次获得"中国最美的书"。

四季轮回，年复一年。目前，先生还持续在京津沪老牌纸媒上面发表草木小品和散文，这样的写作，在沉淀与积累中逐渐被人们关注和赞扬。北大刘华杰和成都中医药大学的王家葵教授，都是先生联系密切的朋友，凡有疑惑，第一时间向他们求助、请教、交流。郑州市园林局和几大公园的专家，也是先生在朋友圈里与之互动最多的。

看花草，走天下，先生按节气、时令，选择最佳的观赏时机，十二月花名、二十四番花信，不仅藏于腹中乾坤，还在古典文化中汲取精髓，《诗经》中涉及花草的自不必说，《洛阳伽蓝记》《东京梦华录》《帝京景物略》《陶庵梦忆》《扬州画舫录》《清嘉录》中的佳句也是信手拈来。每天忙于看花、写花、画花，"学习和熟稔传统只是第一步，接着是要续写新篇章，将风习、时尚和景观变化描摹记录下来"。例如，在全球气候变暖的大背景下，他着意关注和保留黄河流域、南太行等地，与之相关的变化细节。他有一大套新世纪以来整理出版的《竺可桢全集》，其中日记占了很大部分，从中获得科学和写作的双重借鉴。

在行走中，先生闲散的时间被有价值的事物填满，人便有了有趣的灵魂。正如严复所阐述的"逍遥"，在逍遥中积极进取——"好乐无荒"，自律、有度、平衡，"好乐"但有节制，在限度内，而未荒废了写作、画画，并平衡了两者之间的关系。

更多体现在先生的文风中——对文字的热爱，对文字的态度，其实也是对生活的态度。不经意间，先生会说到道家的出世入世，因祸得福，与花的结缘，与文的无心插柳。这种态度好像中国古代的思想家、哲学家庄子说的"逍遥"，但这不是颓废的、出世的逍遥。这种功成名就后的闲趣，其实是阅尽千帆的练达，得与失也好，盈与亏也罢，终是对生活、对大自然的贪恋与喜爱。

先生颇有毅力和定力，他说："我不能自己潦草自己，人只有一辈子。"

初夏的早晨。那日，先生画了一纸才开花的紫玉簪和金针，花上似带着露珠。先生说，本来要多画两笔的，雨下大了，就算了。这才明白，原来花上是带着雨露啊。

先生过去的画一团团一簇簇，生机勃勃，后来画风逐渐发生了转变，画面也由层次的变化，逐渐照顾到虚实的变化，中国画的留白中带着谦和自知的舒服，或许，这也是先生心态的一个转变过程，清朗舒俊，有风骨。

"我借鉴了中国画的白描手法，有意在硬笔草木画里增添写意趣味，这大体得到了社会认可。"最新出版的两本书《蒿香遍地》和《迷失的小蒜》，是他自己插图，著作权标明著并绘系先生一人。

李佩甫为之赞曰："燕口拾泥，著绘一体。别出心裁，草木物语。"

这样的读书爱书，这样的亦文亦画，自是颇费心思的，但这终是先生的欢喜与热爱，是辗转反侧后的柳暗花明。

在宇宙的生命中，人类是渺小的。人们往往因为想象力的有限，而把自己困在狭小的视野中。在我看来，先生的画是记录，是画的笔记体，同时，这也是对想象力的一种延续，文与画相辅相成，互为依托。在他的作品中，美与丑、对与错、善与恶被弱化，没有直接呈现，而是在一个个花草中，在一个个故事里，在一杯一盏一年间慢慢铺展，让你自己去触摸答案。

　　李韬风雅与否，我是很难确认的。鬼灵精的东西太多，风雅二字是不能概括的，如今的后生是愈来愈让人心生畏惧的，都仿佛没有不会的东西。李韬表现更甚，凡是文人江湖中的武艺，李韬都能拱手抱拳成礼，嘴巴里说声承让，然后就起势，要么少林含光静立，要么太极白鹤亮翅，眼花缭乱一番，剩余的时间留给你去拊掌叫好！

　　这本书组织的过程中，李韬表现得最好，下笔的文章最多，还交稿最早最快。要按照忙碌呢，他也最甚，每次和他通话的时候，他多在千里之外的天南地北，稿子几乎都是在旅途之中手机上完成的。没有听过他怨嗔的言语，更无矫情的托词，都是笑呵呵地去做，然后很真诚地等待批评，你今天提些意见，第二天就会给了你修改后的稿子。

　　如果这本书有个组织啥的，我想应该开个会，决定给他颁奖。

——齐岸青

李韬：风雅堂的风雅事

文｜曹亚瑟

李　韬 ｜ 1976年生于河南商丘。媒体人。擅长丹青与写作。出版个人书法集多部，以及"风雅颂文丛"（《女士们，先生们》《旁观者》《玲珑》）。现为郑州晚报正观新闻总编辑。

李韬，字慕白，虞城人氏。

或曰，李慕白不是电影《卧虎藏龙》中的一代大侠吗？是啊，哪个姓李的又不追慕绝代文豪李白呢？

而这个李慕白活在当下，喜藏书，擅书法，担任着新闻单位的要职。

慕白李韬兄这几年干的事，都跟一个词有关：风雅。

书房叫风雅堂，书法个展叫"风雅颂"，出了几本书也都以"风雅"命名：《风雅》《风雅颂：李韬的书法艺术》《风雅宜人：李韬书法作品清赏》《风雅饰家：李韬楹联书法作品心赏》《风雅斯文在》等，接下来还准备再出《佳句近参风雅》《疗我平生风雅渴》等，一副将"风雅"进行到底的劲头。

我问：为何独独青睐"风雅"二字？他答：一是有附庸之意，二是有向往之心。

我知道，那是李韬的谦虚。

在《诗经》里，"风"是流行于各地的民间歌谣，是最接地气的东西；"雅"则是宫廷宴飨或朝会时的正声雅乐，是最高雅的东西。合之，那不是上下通吃吗？

取法是北海

中原大地自古就有或习武或从文的传统。李韬说，他大约在小学四年级时，去同村的一个师范学校毕业的叔辈家玩，那位叔叔正在认真地临习颜真卿的《多宝塔》，他当时就被书法的魅力深深吸引了，并被内心的声音所召唤——我要学写字！

就从那年暑假起步，他开启了至今三十多年的学书、习书、写书、出书之路。沿途有风光旖旎，也有坡路险滩；虽然道阻且长，但其中乐趣非外人可道也。

他在郑州专门营造了一套房子作为书房兼工作室，里面放满了碑帖画册、金石鼎彝，以及与书法有关、与文化有关的书籍；墙上挂满了名家手迹，靠窗的大书案前，则堆满了他写成的、写废的书法作品。

我于书法是外行，总觉得他的书体怪怪的，就问他的书法师承于何人？他告诉我，是唐朝的李北海。

李北海即李邕，是唐朝有名的大臣，曾任北海太守，故人称"李北海"。他的名作有《端州石室记》《云麾将军碑》《麓山寺碑》《法华寺碑》等，有"右军如龙，北海若象"之说，齐白石的行书就是从临《云麾将军碑》出来的。

自古"挟泰山以超北海"都是不容易做到的事，可见李韬为自己选择了一条注定会艰难跋涉的路。

艺文种子在萌发

我与李韬订交逾二十五载，说实在对他是有些偏爱的。

偏爱者一，我觉得这小伙子身上有才气，是可造之才。记得当年李韬毕业未久，他到报社应聘的时候，我是编辑部主任。他怀揣着自己装订的"线装本"诗词集和书法篆刻集，我从那尚显稚嫩的文笔中看到了一粒含苞待放的艺文种子正在萌发，正是需要浇水的时候，假以时日，必将长成参天大树。

偏爱者二，从李韬的言谈举止中，我看到这孩子诚实而不木讷，聪慧而不狡黠，没有江湖气、市井气，而有憨憨的乡野气，这是我所喜欢的。记得有位企业家招聘员工的标准是，你愿不愿意请他一起吃顿饭。你若不愿与他坐在一起，说明你打心眼里就不喜欢他。而李韬正是我喜欢的类型，所以就力主留下他。

事实证明，这一宝押对了。我对他的偏爱也表现在两个方面：其一，当时分配版面，我根据李韬的特长，安排他去编副刊版面，果然，这小伙子孜孜以求，发挥得超出了我的想象。他编的《开卷》与我编的《时报杂文》，名家荟萃，一时成为报纸的"双璧"，在全国都小有名气。其二，我在报社创办《今周刊》时，每期拿出半版篇幅给李韬开了个专栏，他以"小李飞脚"为名撰写杂文，左一脚右一脚，其汪洋恣肆、嬉笑怒骂也超出了我的想象，我惊异于李韬进步之神速。不夸张地说，他当年的杂文，放在今天的报刊上也是不逊色的。

李韬在编辑《开卷》时，约请丁聪、王世襄、王元化、柯灵、黄裳、周汝昌、吴祖光、钟叔河、流沙河、董桥等文化名人，或撰写文章或题写刊名。我知道，李韬从小爱写毛笔字，但能让这些名人题写刊名，还是需要点"小伎俩"的，李韬那温文尔雅的文笔和一手好字帮了他不少忙。

再后来，我去河南电视台参与创办一家都市报，他到了《郑州晚报》，我们仍保持着密切的联系。我爱读书、藏书，对这些年轻一辈影响颇大，加之他们大都为人中正，文章写得漂亮，在各自的领域里都做出了不俗业绩，李韬逐渐走上一家报社的领导岗位。我欣喜的是，还不断在报纸上看到李韬写的文章。每次去他的工作室，都见他临池不辍，桌上摞着厚厚的作品，并经常写些书法小品供我赏玩。

厌居闹区躬耕砚田

前些年，李韬在《郑州晚报》开辟了《中原访谈录》和《艺术鉴赏》两个专栏，主要采访一些文化艺术界的大咖。采访过黄永玉、南丁、张海、谢冰毅、化建国、于会见、丁昆等资深艺术家，还有李巍松、孟新宇、逯国平、周其乐、王冲等少壮派艺术家。通过对这些艺术家的采访，也给了自己更多的滋养。

他平时虽然公务缠身，还有很多社会事务，但就算再累，回到家里，濡毫铺纸，笔歌墨舞，烦恼顿歇，心火渐熄。

书法犹如一道天然屏障，暂时隔离了他与喧嚣世界的联系。书法给他带来的是内心的平静、生活的充实、修养的提高。身处闹市，尘嚣扑面；何方净土，遍寻不得。唯入书境，顿生欢喜。他在"风雅饰家"这本小册子封面上写了一句话："书法于你是一门艺术，于我是整个世界。"

多年的训练终于修成正果。

2017年5月20日，李韬在河南省美术馆举办了名为"风雅颂"的个展，共展出了八十余幅作品，大部分都是他近年所创作的诗词歌赋与联语，涵盖条屏、手卷、中堂、对联、手札、题跋等多种形制，楷书、行书、篆书、隶书、草书等各种字体兼备。

书法展开幕时盛况空前，全国著名书法家、艺术家大腕云集：沈鹏题写展标，张海、赵世信、张宇、孟会祥等撰写展览前言，张海、胡抗美、李翔、二月河、钱文忠、胡葆森、范扬等一众大咖题词，曹新林、周俊杰、马国强、李强、化建国、李健强、于会见、姜明、王建树等出席开幕式。

我躲开众人，徜徉在书法长廊中，感觉各色字体似在游走，仓颉出入其间，天雨粟，鬼夜哭。

李韬自撰《风雅赋》一篇，曰：

世多风雅，人必好焉。吾亦附庸，亟拯不堪。烟云供养，晤对妙翰。以学富慧，夕惕朝乾。既成高致，腹笥广湛。

风雅者何？赓承前贤。屈子行吟，易水而寒。太白醉剑，广陵中散。湖心看雪，夜游承天。精魂毅魄，气格霄汉。

风雅者何？散襟静观。倚竹高卧，窗间暄妍。漫卷诗书，鼓琴洗砚。对画临帖，礼佛参禅。焚香试茶，清福已满。

附庸风雅，悟幽见玄。月影穿阶，雪片飞帘。漱齿濯足，松风弄泉。金石延寿，鼎彝庄严。奇书异对，图史几前。

附庸风雅，相见以欢。朋簪聚首，题阄韵选。斗捷争工，诱掖消遣。辎轩之志，后学黾勉。娱目悦心，静赏无厌。

仄居闹区，尘氛袭面。力证真如，摒弃俗念。正谊明道，性逸情宽。仁斋庇身，躬耕砚田。文章醉我，风雅看官。

"仄居闹区""躬耕砚田"，这不啻是他的艺术宣言。

我欣慰地看到，在一片喝彩声中，李韬没有迷失自我，没有止步不前，他只是把个展作为自己前进的一个新台阶。

修炼"随身暗器"

李韬在文学、书法的两栖道路上舍命狂奔，结出了累累硕果：继出版两卷本的书法集《风雅》后，又连续推出诗词歌赋集《玲珑》、杂文集《旁观者》、艺文人物集《女士们，先生们》的"风雅颂文丛"和书信题签集《此致敬礼》，委实令人刮目相看。

李韬的诗词歌赋集《玲珑》是我写的序。名为"玲珑"，颇有点"至宝不自献，韬藏亦英华"的意味。《毛诗序》云："情发于声，声成文谓之音。治世之音安以乐，其政和；乱世之音怨以怒，其政乖；亡国之音哀以思，其民困。故正得失，动天地，感鬼神，莫近于诗。"我知道李韬这些年的很多诗词歌赋，刻意求工，古朴天成，显示了深厚的文字造诣。他自况"仄居闹区，尘氛袭面。力证真如，摒弃俗念。正谊明道，性逸情宽。仁斋庇身，躬耕砚田"，默读诗书，吟咏艺文，这些诗词歌赋，读之如住清凉世界，心归自在乾坤。

南丁先生给他的艺文人物集《女士们，先生们》写了序《盛夏的果实》，那是南丁生前最后的文字，也成为《南丁序跋集》的"压卷"之作。李韬的"风雅颂文丛"最终以荣获郑州市第十九届文学艺术优秀奖，报答了老先生们的厚爱。

李韬这几年是越来越忙。若干年前，我曾给他提两点期许：

一是任何时候都不要丢掉自己的看家本事，写文章、写书法成就了你，不要把这仅当成是进身阶梯，而应修炼成"随身暗器"，当官是暂时的，而这些技艺会长久陪伴着你，别人拿不走，它会在你烦闷时为你解颐，闲暇时为你充电，前行时给你动力；

二是减少应酬，我知道前几年你做过一次手术，我戏称为"肺里长了海带"，为此摘除了一叶肺片，应酬时说出这个理由，别人也就不会多劝你喝酒，图图清净没啥不好，留出点时间多翻几种快意书、读两本旧法帖，比啥都强。

这里，我仍想用这些话与他共勉。

世尧是好朋友，许多人也都喜欢把他当作自己的朋友。

认识他之前，很多人告诉我，他像我们家的人，眼中的天下人皆好！

世尧永远对人和生活充满善意，也永远是一副与世无争的面孔，他总是微笑着，似乎始终在准备消解你的怨意。但也不尽然，你以为他总是这样子，你也会犯错误，在他设计领域里，他会用他倾尽全力的准备，充满自信的讲述，提前让你哑口无言。如果你还有疑义，他会坚持用实现了的作品让你心悦诚服。

世尧用温和的方式表达他的韧性和智慧。

世尧的家庭也是用温情、优雅和精致构成的，妇唱夫随。也不愧是设计师，家里整洁得让你踩到哪里，都想先洗洗脚。思念果岭的旧院一经世尧之手，让盖房子的李伟惊叹不已，以为步入他人社区，拿着手机到处拍照存念。搞得夫妻二人大致是觉得这样独居安逸而过意不去，在社区里搞了一个廿坪茶院，和人分享美丽。

设计师的阅读都是在生活里，他的作品形成大众的形象阅读。

——齐岸青

刘世尧：赏心乐事谁家院

文｜婴父

刘世尧 1963年生于河南郑州。室内建筑师。河南鼎合建筑装饰设计工程有限公司执行董事。作品曾获金艺奖亚太酒店设计大赛金奖等多种奖项，个人获得金堂奖十年·卓越人物奖、"全国百名优秀室内建筑师"荣誉称号。

没有明说，却看得出来，刘世尧内心深处对都市繁华有一种疏离倾向。相对于高楼林立车水马龙的城市核心区域，刘世尧更喜欢边缘地带，更喜欢郊野，更喜欢由高大乔木的树冠相互连属形成的天际线，更喜欢宁静、开阔、萧散和淡远。他把他的公司和他的家都安置在了郑州的北郊。

他的设计公司与黄河迎宾馆隔墙为邻，同样藏在花木葳蕤浓荫蔽日之中。搬到这里的时候，四环尚未修通，地铁二号线也还没影儿。公司同事们的通勤时间都增加不少，有位年轻设计师颇感不便，鼓起勇气说：刘总，咱选的地儿这么远这么偏，咱就不怕把客户丢了？

刘世尧这时候正在抚摸刚刚竖立起来的两根浑身包浆的青石拴马桩，这是从山西淘来的旧物，立在公司门前，既是一组环境装饰，又是一种外部交通的隐喻。他抬起头，淡淡一笑，反问道：你说说，过去有哪位客户是因为离咱近而找上门来的？

所谓言简意赅。年轻设计师想了想，无以为答。同事们心里明白，他们的公司之所以能迅速成长壮大，靠的当然不是傍身服务来往便利，他们之所以能在无情的市场竞争中屡屡胜出，依靠的是他们新锐的设计理念，设计产品的优良品质，方案落地时全程跟进的细致周到的设计服务，以及由此而积累起来的声誉。况且，公司新址看上去离市中心远了，但相对于公司服务全省走向全国的发展规划，相对于从高速公路上驱车而来的开封客户、洛阳客户和省外客户而言，公司新址是不是具有更高的可达性了呢？

不用说同事们后来无一例外都接受和渐渐爱上了北郊这个公司新址。市内的客户远道而来，专程而来，这让甲乙双方的交流平添了仪式感，也显得更有效率。沟通之余，客人们还会像参观景点一样参观公司的办公楼，他们喜欢公司内部装饰那种简洁却绝不简单、朴素而不失精致的风格，喜欢他们用原色老榆木铺装的地板和楼梯，喜欢室内多种多样的绿植和随意摆放的艺术品。他们还喜欢和公司楼前那丛翠竹合影——为了给竹子让出空域，公司大门上方的雨篷专门设计了一个方形天窗，竹竿们拔地而起，穿洞而过，直上云霄，在逆光环境中幻化出更加爽利的线条和更加明丽的色彩。不经意之间，客人们完成了一次丰富的视觉体验，也再度刷新了对设计公司的认知。

刘世尧的家则位于北郊更加边缘的位置，一个名叫思念果岭的地方——这个地名给你透露的，是黄河南岸古老堤防一带浅丘陵的地貌特征和山林气息。这里原来有个面积不小的"黄河大观"旅游项目，规划采用微缩景观的方式，集中再现沿黄各省市著名的古建筑、古石窟、古碑碣等人文景观，但项目创意平平，投资强度又严重不足，加之经营不善，长期未能得到旅游市场认可。政府部门只能依法收回土地，调整用地性质，按照城市规划的发展方向，交由房地产公司转而进行住宅和商业开发。原来的人造景观虽然乏善可陈，但近二十年中先后种植的大面积的树木已经蔚然成林，苍翠遍野，鸟语花香，加之涞然河故道上的大型连续水体，一碧百顷，山光水色，相映生辉，形成了高品质的生态环境和宜居环境。商品住宅建成后，受到郑州内外卜居者的追捧，很快形成了社区规模。刘世尧作为较早入住的业主，一步步见证了周围景观和设施的完善提升，也受邀或者自觉参与了社区人文空间的塑造与整合，效力公益，欣于所遇，快然自足。

距刘世尧家二百多米远的地方有一个"廿坪茶院"，好些人弄不准"廿"字的读音，都习惯称之为"二十坪"。刘世尧时常来这里小坐，和亲友、访客见见面，喝喝茶，聊聊天，叙叙旧，或与同事谈谈设计项目。他对这个小茶馆有一种特殊的情感，熟悉它的每一面墙，每一扇窗，每一件器物，每一株花木，因为它是他的作品。

"廿坪"之名来源于它最初的面积数据，社区负责人请求刘世尧帮忙设计这个邻里共享空间时，刘世尧看到的是一排简陋的砖混结构的库房，算下来也就六十多平方米，恰好是二十坪大小——作为面积单位，一坪略等于三点三平方米。设计师在为项目命名时轻描淡写拈出一个"坪"字，兵马未动，小园林的感觉就开始无中生有若隐若现了。茶院开张声名鹊起之后，社区将对面的保安用房也转交过来，先后两期整体相加建筑面积也仅一百五十平方米左右，围合的庭院亦不足二百平方米。以建筑和装饰工程规模论，这只能算是一个迷你型的项目。

也许连刘世尧自己也没有意识到，这个袖珍项目竟然会成为他的代表性作品。时任中国建筑师学会室内设计分会副理事长、河南工业大学专业学位硕士研究生企业导师的刘世尧，称得上河南省室内设计师队伍的标杆人物了，具名作品可以拉出一个加长版的清单：大学毕业参与设计的第一个建筑就是中国驻塞内加尔大使馆，第一个主创建筑方案是河南省外经贸委大楼，当年被昵称为"巧克力大厦"，刚完工即成为郑州市民的街景新宠。他的装饰工程和规划项目还包括：河南博物院主展馆，鄂豫皖红色革命博物馆新馆，河洛古国考古遗址展示中心，瀚海思念城商业空间，吴行书画艺术展馆，洛阳杜康造酒遗址公园，浙江台州国振东方美学系体验中心以及海量的办公、餐饮、服务业空间，等等。这些大型项目赢得了国内省内业界人士与普通市民的广泛好评。但小小的"廿坪茶院"则不遑多让，四两拨千斤，更集中地表达了他的设计理念，更具引导性地塑造了建筑内外的生活样态，更温情地建立了他与使用者的情感关联。他虽然获得过业内各种奖项和专业声誉，但他从来没有像"二十坪"这样因为自己的设计工作而得到左邻右舍的肆意点赞，没有体验过这样一次又一次和街坊邻居们的共情同频。这种美好体验让他非常享受。

"廿坪茶院"处在两座住宅楼山墙相对的间隙之地，场面难以宽绰，却也不显局促。两侧茶室各自依傍楼房，隔空呼应，中部形成矩形的庭院。庭院入口处有三棵松树和低矮的短墙，标定茶院的内外，提示空间的限界。连续的踏步石引导你穿过青色碎石的枯山水进入庭中。庭中有桥，浅色花岗岩的石板在虚拟的水流上微微拱起，可供访客驻足观景；庭中有树，两株高大的法桐树，树冠如盖，冬天褪落树叶，以便迎接阳光的覆盖，夏天来时，比巴掌还要大的树叶密密麻麻相互交叉堆叠，为庭院提供浓荫的庇护。庭中没有堆砌种植那些常见的花花草草，而是在靠近边缘的位置选栽了一些植物，比如一棵石楠，一株梅花，一丛慈孝竹，几枝青羽枫，还有少量的春鹃夏鹃，种植这些花木是为了让庭院四季轮替之间皆有季相表现，让人们看到时光的色彩。庭中平坦的空地可以用作演艺活动的场地——刘世尧不但设计了庭院，他还研究设计了庭院空间的利用方式，例如每年中秋节在这里举办的"松月雅集"，皓月当空，庭中月辉若积水空明，树影投射，如水草一池。街坊邻居们聚在一起，捧着瓜果，咬着月饼，静听古琴横弹箫管竖吹，《凤求凰》《瑞鹧鸪》《阳关曲》，一曲接着一曲。刘世尧和同事、朋友们此刻不会缺席，他们的任务是轮替上场，把题写着曲牌名、节目名的灯笼次第挂出——他们创新出这种静默的报幕方式，唯恐响亮的有声报幕会搅扰了此刻的清雅，截断了乐曲不绝如缕的余音。

茶院的茶室也深受社区居民喜爱。茶室前身虽然是平顶的平房，造型平庸，但刘世尧并没有大拆大建，他把老的结构保留下来，对外墙进行了修整，环绕建筑额头部位加装了坡形的檐板，房子因此立刻显现出翼然欲举的动势。室内的吊顶也打破常规的手法，用两块板"人"字斜向交会的造型重塑了上部空间，简洁明快，还让人产生了中国古典民居传统屋脊造型的联想。室内的陈设、饰物和桌椅大多选用了竹藤本色，素颜面客，朴实无华，让你能感觉出来这是一个不鼓励过度消费，不鼓励浓妆艳抹的轻松环境。部分房间的窗子没有开在外墙的上部、中部，而是一反常态开在了墙根部位，透过玻璃窗我们看到的不再是树梢、屋顶、云天，看到的是低矮花木的正面肖像，看到的是密集竹林的下半身，看到了我们素常忽略的东西，让我们和自然环境有了一种相互窥视的全新的交流方式。

茶院当然是品茗喝茶的地方，但"廿坪茶院"的更大魅力来源于它给大家提供的环境友好型的社交空间。这是一个多功能的邻里活动中心，是周围住户的第二客厅，是芳邻们的节庆聚会中心，亲子中心，相互交换手工女红交流生活经验的中心。有一次，它还应急性地变身为灾难救助中心——2021年"7·20"郑州水灾那天，社区供水系统受到破坏，家家断炊，一片恐慌，"廿坪茶院"挺身而出，取出库存的纯净水矿泉水为大家救急。他还按照古方，用藿香、陈皮、苏叶、桔梗、厚朴、苍术、砂仁、茯苓、甘草、生姜混合煎汤，制成防疫茶饮，向社区居民免费供应，周围居民为此深深感动。此时这座朴素而雅致的小院就不仅仅是家的延伸，简直就是自己家庭不可缺少的精神空间。

刘世尧经历和观察记录了"廿坪时光"，他自问自答道：

你是设计师，当你设计时，你在设计什么？

你在设计生活，你在助力美好生活。

什么是好的设计？

阳春白雪曲高和寡的设计并非真正好的设计。好的设计应当在自然、环境、空间、功能和人之间架起的一座桥梁，让受众可以过桥，感受美丽的彼岸。

"廿坪茶院"如今还是一个读书中心——这里差不多每周都会有三五次读书品书的聚会，发起人和参加者包括但不限于本社区的居民，他们以年轻人居多，在这里以某本书为话题，七嘴八舌发表读后感言，表达他们的赞许和批判。这种活动在郑州日渐多了起来，成了省会青年的一种时尚。"廿坪茶院"中较大的一间茶室为此专门配备了黑板、投屏及其他文具，为品书会和各种主题团建活动服务。透过窗子，刘世尧看到有人站起身来做着挥动的手势，振振有词地发表意见，频频颔首，对年轻人的精神状态赞叹不已。他承认，茶院的读书中心的功能，是他做功能预设时没有提前想到的。他为茶院具备这样的功能感到欣慰。

关于自己的读书生活，刘世尧认为室内设计是一个实践性特别强的专业，是建立在各种专业技术平台上的艺术。提高专业修养的话，应当多读一些关于"道"的书而不是关于"术"的书，例如多读一些文学、哲学、美学著作。读好书如遇好友，他喜欢一本叫作《中国美学十五讲》（朱良志著）的书，已经读了好几遍，仍觉犹有余味，还在不断翻阅。思念果岭的家中有自己的书房，但更多的书却散布在他日常活动的各种空间，客厅、卧室、卫生间、阳台，还有公司的办公室。——读书不是一种仪式，而是和吃饭、喝茶、健身一样的日常行为。

刘世尧更喜欢阅读的是城市街景，他像读书一样，精读他身边街景的每个段落，每栋建筑。大作家果戈理说过：当音乐和传说已经缄默，建筑还在说话。

这本书里是我坚持要有杨舸的，当初想过，倘若他不屑加入的话，我就威胁他，由我去写他，看他奈何？岁月走到杨舸这一茬儿，家世通谊已是第三代了，我为长者，学养够不够，架子总是要摆的。

在这个意义上感谢党华，我只是动嘴，她把表象唯唯、大辩若讷，而实则汪洋恣肆的杨舸也算是写活。

年龄相仿的缘故，他们之间更容易相互映照对方。

如同党华所写，他难有同类，但我始终以为我们的生活和艺术中需要杨舸这般模样的人，永远对造物充满疑问，永远对世态表现叛逆，永远对内心严苛自责，永远对思考自我尊重，永远保持自己的清洁——对未来痛苦而炽热的拥抱。

我认定杨舸圆圆的脑袋里有许多天赋异禀的回路，我也是此刻才讲出来这样的话给他。先前，每每遇到他奇妙而精妙打制的创意产品，我的反应一律是，挑剔疏误和打击缺陷。有时看他手足无措的样子，内心也不忍，但最终还是坚定自己的冷酷。后来因此有过愧疚，不知道杨舸近乎完美的强迫症，是不是我也参与了很多压制？

杨舸身上有很多他祖辈、父辈的基因，前者的光荣尚未走远，所以我依然会对杨舸说，你可以保持你自己，但你还没有骄傲的理由。

再饶舌赞一下党华，你快乐明媚的笑容和杨舸有点戏谑的目光构成你们这一代人的特质，你们比较起我们，更丰富，更有希望。

但我也说过，别以为你们年轻，老子也幼稚过。

一起努力吧！

——齐岸青

杨舸：
难有同类的人

文｜党 华

杨　舸　｜　1972 年生于河南郑州。设计师。郑州文化创新设计研究院常务理事。主要从事艺术衍生品和文化创意产品设计制作，曾为黄帝故里拜祖大典、第十届亚洲艺术节设计系列文创产品。

在郑州东站，有一间"老家河南"商店，我曾在那里买过几个笔记本。烫印了门神图案的仿皮封面，书口刷金粉，有皮筋腰间环绕。封底压了暗纹"活计"二字，想来是设计品牌。果然，竟是我认识的杨舸所为。难怪呢，小的七十、大的二百三十元人民币。嗬，他做的。

他看我买的剧本《鹿鸣馆》和《长刀之夜》，对封面图痛心疾首地遥遥批判：《鹿鸣馆》是寓言，岂是一个裙角可以甩出来的？《长刀之夜》是一个大大的悲剧，这半拉刀也太直白了吧？哪里是三岛的风格。

瞧，对图书设计"非常挑食儿"的设计师，也是我日常习惯性交流买书、读书、评书信息的对象，他的底色是个读书人，所以他能在书的内容和形式之间快速抓取第一观感，"毒舌"弹卷。他这样说的时候，我眼前浮现出一个穿着卡其色人字纹毛呢西装，两肘部有真皮配贴，戴着一副圆形近视镜，像是从民国穿越来的没落世家的小开。想起他很喜欢的加缪写过的句子——人就是他本身的目的，也是他唯一的目的。人若想成为什么，那也是在这种生活中。

是的，他在营造自己的生活中，不说几乎无法描述的T书房——toliet书房，不说工作室大厅的展架上的艺术品和各类古今中外的图书，单说那个洗手间内部，推开门的刹那我真是大惊小怪了——大约八九平方米的洗手间，除了门和哑白色TOTO卫具的位置，四面墙均安放了靠墙的书架，每个架子上都整整齐齐码着各类书籍。出于一般人可以理解的原因，在那环境下，我没好意思仔细检阅，只是出于好奇稍加浏览，封皮大多浅色系，与整个小环境和谐统一。

T书房的震撼观感，令我联想到该同志曾送我一本书，王瑞芸的《杜尚传》。20世纪实验艺术的先锋人物杜尚是艺术史上一位绕不过去的人物，他曾以一件小便器实物，在艺术界掀起大浪。这本书的封面右下角，就赫然印着那件物证。作为设计师，他非常推崇这个设计。

恕我孤陋，艺术家的世界我们不够懂。

我们时不时互相荐书。在他的忽悠下，我买了《忒修斯之船》、《观看之道》和《东南园墅》。在查资料的过程中，信息关联，我又买了杨震华编著的《心理学通俗讲话》和《冯纪汉纪念文集》。在这些信息的交互作用下，我试图更多了解他。因为老话曰"知己知彼，百战不殆"。

有一天我骄傲地发信息给杨老师，说我有幸和著名设计师陆智昌先生同框——在理想国引进的《献给阿尔吉侬的花束》一书的版权页。他就慢悠悠讲，我知道的。他从小生活在省委二区，二区东面是电台和报社。大概三十年前，他发现电台外开了一家名叫万方的书店。和当时的书店明显不同，书架上的文化书很是吸引人。他在那儿买过一本陆智昌设计的《中国岩画》。那书屋主人，是他二区的街坊，也是和他家有"通家之好"的齐老伯。

作为小编和设计师的组合，我们有过三次不同类型的合作。

第一次合作是我策划的河南本土留学生题材长篇小说《巢鸭五丁目》。通读书稿后，他拿出了设计方案。过程略去，让我们一起来欣赏他的创作：外面的护封用较薄的纸，亮暖的橙黄色底子上，黑色的一个一个手工点上去的波点，呈不对称V字形。封面用较厚的硬纸板，上面是东京的卫星地图截图，与本书内容密切相关的那个区域，从空中俯瞰，确实有个不对称V字形线条，呼应护封的图形。除此之外，V还有很多解读，比如胜利，比如我们从小就喜欢的对号。目录采用了比正文小的字号，对每个章节的摘要部分克制呈现。他说这就像进入一扇门之前，在门把手处略微安静，调整一下心绪，带着期望推开这道门——打开这本书的正文。随书附赠的书签一面是作者手稿，一面是封面主色，其模切状打开来像是蝴蝶，代表对自由的渴望。对折一下恰似轮船的廓影，对应了本小说的结尾部分。

总体设计立意为，绚烂明亮的外表下，潜藏着人生的沉重和难言之痛，却依然有美和希望。这样的走心之作，让我确信这次合作只是个开始。

第二次合作是一套五卷本《孟华戏剧文集》。孟华先生是河南戏剧的一面旗帜，他的代表作、话剧《劳资科长》和豫剧《半个娘娘》《白蛇传》等作品已岿然挺立。八秩老者的总结之作，不可随意。我向甲方推荐了杨舸，杨舸反复拿出多样的方案，还没来得及实现，这个文集的出版项目有了变化。合作未遂，留下了一个遗憾。

在此期间，因为工作上的交集，我发现了他有程度不易检测的强迫症。一次去谈书的进度，他用一只容量相当于妙玉的绿玉斗两倍的抹茶切子（日语，一种以金刚砂切割雕刻的玻璃器）沏了一杯太平猴魁，每一根茶叶朝同一个方向，整整齐齐就像用镊子摆盘过，清香碧绿，煞是好看，可，这么齐整，谁好意思破坏呢？到了饭点儿，他坚持带着自己从云南背回的野生大叶子，沏茶的水不似各种茶博士吆喝的高温，偏要降到一个不烫嘴的温度，说口感更好。恕我直言，口感确实不错。吃饭时餐具要摆整齐，桌上不能剩菜，不说光盘，他叫"净坛"。让我一下子联想到"净坛使者"二师兄，我当时暗暗发誓，您就是设计得再好，以后我也不来"净坛"了。

当然，到我办公室时把我桌上的稿子都搞整齐，这是可以接受的症状。

第三次合作是本人的长篇小说《柿子树下》。通读书稿后，他发来短信：这种糙句子，是我愿意做的活儿。我寻思一番，问：这不是好话吧？他回：在我的语言系统里，是夸人的话。毛姆就擅长这种糙句子，够劲儿。

我想他一定发现了，他既是这本书的设计师，也是书中人，关于绘画作品《走出巴颜喀拉》那一大段惊世骇俗的话，就是我们有一次谈画时涉及的。书中"小冯"得罪了谁，现在其人物原型闪亮登场。

他也有正形的时候。比如某年清明节，他去福寿园拜祭自家亲人后，特意拜祭了柏杨先生，并在雕像前留下一罐李锦记酱。我将此图转发给了柏杨先生长子郭本城先生，郭先生首先感谢，然后疑惑道：为何要放一罐酱呢？我如实答：我也不好说。

他身上有邪性。2018年夏季我去香港书展，当时看到刘香成编著的画册《壹玖壹壹》，发了图给他分享。看了我发的图，不似往日的寒暄，他直截了当叫我果断买下带回。三百多块钱，两公斤重，我愣是从善如流当了搬运工。谁能料到呢，一年后的那天，我接到了"辛亥之光"丛书的约稿通知。

他身上还有些我们无法忽视的其他东西。他说有一天他刚出了医院大门，突然，另一个"他"从对面过来笑着跟他打招呼，千真万确，他忙从后视镜看，那和他衣着样貌完全一样的背影悄然消失于人丛。又一次，他说一个"他"从小区外面取回了快递，还有熟人打招呼，但那个时间段，他非常确信自己是在家沉睡。

诸如此类，并非谵语。就像我们多次聊过的南美作家胡安·鲁尔福对生死的探究，那些文字所抵达的心灵褶皱处，谁又能断定那些经验是空穴来风？世界如此博大，我们人类对这个世界、对他人甚或对自己的内心，才认识多少呢？有的人，大概生来就与众不同吧。

因为他的博闻强记，以及多次为我答疑解惑，逐渐我习惯于在遇到文史问题时听听他的意见。一般来说相当靠谱。有一次由一幅书法作品聊起，探讨一个异体字的流变，我转发了一位"专家"的说法，来言去语间，正在辨析，他突然来了一句"老子从小就天天在训诂的环境里"。猛地看到这句话，我突然隔着屏幕哈哈大笑，对了嘛，这才是杨舸。他不是经常自诩为"痞子"吗？况且以我了解的信息冷静对待，这话没毛病——他的祖父杨震华，一百年前留学法国的心理学博士，河南大学心理学科的奠基人；他的外祖父冯纪汉，新中国成立后的首任中国剧协河南分会主席，著有《豫剧源流初探》等著作；他的姥姥杨静琦，著名的方志学家；他的父母皆高知。妥妥的书香门第，狂一下怎么了？我一句"杨老师"，他差点翻脸，说俺不是老师，俺就是个屡教不改的小痞子，你不是见过吗？

我知道他指的是那个姿势。五年前的三伏天，他在五院衣不解带照护病危的母亲，我因一个急茬儿去找他，就在黄河路的一棵梧桐树下，看到一个身穿白T恤和宽大军绿色工装裤的人蹲在那里，他问了一句："这个小痞子的标准姿势，咋样？"那时那地，我竟无言以对。那年七夕之夜，他在朋友圈发了一个暗夜的星空图，还有四个字"看，一颗星"。那是他与母亲的告别。

再怪异的人，也终是在万丈红尘中打滚。后来他说起母亲，说起小时候的一段旧事：

由于一贯顽劣和抵制进步，初一暑假我被俺妈带到她工作的图书馆，关在书库里。那地方黑洞洞的，只有图书管理员进来检书时才会开灯。往我手里塞了个手电筒之后，我妈锁上了门。起初也就是四处走走，后来发现有些书里还夹着表白的纸条短信。之后我在一排不外借的黄皮书里发现了宝贝。其中一本没名字的，封面盖着"内部读物"大戳子。书里写了一个叫霍尔顿的少年。嘿，这写的不就是本尊么？咋这么巧呢？我就是那个"局外人"啊。一不留神，暑假作文就解决了，整整写了一本。这也落下个病，要是喜欢哪本书就一定要随身带着。我偷了那本书。

…………

那个"顽劣"的孩子长大了吗？

谁知道呢？

三年疫情，我们各自在自己的星轨转圈，依然时不时说书、说戏。书成了我们在这艰难时世中的亮光。尽管这亮光被层层过滤，有时摇曳、变形，神鬼难拟。我们同样都被压在人到中年的穹庐下，为何他可以那么超然呢？

很多时候，我的答案都望向读书。是书，是阅读，是各种存在的阅读体验雕琢了这个理直气壮的当下生活图景。只是当我们偶尔以家长的身份交流各家孩子的戏码时，才真真切切使我确认，我们就在这具体的烟火凡间。

和樊响交谈是件愉悦的事情，他的面孔一直充满笑意，他的目光会直视你，清澈而不见游移，只有生活和内心简单的人，才能抵达这样的明净。让人可惜的是，现在这样的眼神儿越来越少了！

约他为这本书做装帧设计时，以为是初见，他却说起他第一次参与版面设计，便是我主编的刊物。二十年了，日子有点远，记忆也就模糊。直到又有一日，他拿着那期刊物，当年的细节再现，才把以往的日子拉得这么近。

现在，他清晰地坐在我的近前，低声和我聊着书的版型、页面、纸张、色彩、节奏、韵律等等，我要跳跃着和他对话，我一时有些恍惚。但和樊响谈书，他语言会构成图形扑面而至，让你的文字也转化为意象视觉，这便是交谈的妙处，一时之间，你抚卷掩书的手感都仿佛有了。

樊响是第一个穿越装帧平面的概念，和我谈文字内容空间表达的书籍设计师。

陈晓琦是个知名的策展人，更是一个老到的摄影评论家，笔下"成长"过许多摄影家。他沉稳的面容和略显低沉的声音，和批评家的气质都很搭配。他是个极认真的写作者，交稿过程反复，字斟句酌，果然是每次改动就鲜明生动了一些，文字就是这样，你敬重几分，它便给你几分光彩。晓琦以他理性的笔触给我们描绘了一个表象上克制、内心里飞扬的樊响，也给了我向他此致敬礼的理由。

——齐岸青

樊响：克制与隐藏

文｜陈晓琦

樊　响　1980 年生于河南濮阳。书籍设计师。中国出版协会书籍设计艺术工作委员会委员。作品四次获得"中国最美的书"，以及纽约 ADC 年度设计大奖优异奖、美国"班尼奖"金奖。

　　樊响的"凡响工作室"很小，不到二十平方米，三面书柜绕墙，中间一茶台一书桌，紧凑稍显局促。他先后换了三个工作室，这个最小也最满意。他说喜欢在小空间里工作，容易静下心来。有一次我随口说："那就对了，人类就是从山洞里走出来的。"他眼睛一亮，似乎自己的爱好有了新的依据。工作室里事物井井有条，一面墙壁上却随意贴着大大小小的图片，他看着这面墙说："我喜欢凌乱。"凌乱消解了秩序，室内便活泼起来。这些凌乱的纸片，是他用心集来的，每一张都有很好的设计或有趣的内容。贡布里希说，混乱也是一种秩序，在这里同时也是一种风格。用凌乱构建一种有个人趣味和审美品质的秩序，这才是樊响真正喜欢的。这种看似矛盾的方式，经常进入他的书籍设计。工作室就是他的一本书。

　　这天上午，樊响走进工作室，略事整理后，开始从手机的播放器里选择音乐。今天心情不错，音响里传出克里斯·波提爵士小号优雅的旋律，根据心情他也许会选择让-雅克·米尔多的布鲁斯口琴，马友友的大提琴曲，或坂本龙一的专辑 *1996 Ryuichi Sakamoto*。（音响是朋友送的老KENWOOD，1999年购买于莫斯科。）他必须在乐曲的旋律中工作，播放乐曲几乎成了他工作的前奏或仪式。手机里储存的乐曲很多，选择曲目经常需要十几分钟或更长时间。然后泡好茶，打开电脑，进入专注的操作。这时最怕打扰，如果有人无约进来，他会用公式化的、礼貌的声音对你说："我在工作。"然后平静地与你对视，一秒、两秒、三秒……等着你的明白和告辞。茶凉了，忘记了喝。在天气晴朗的时候，有时他会忽然离开电脑，打开窗帘，阳光透过玻璃洒进来，明亮了许多，也添了些许暖意。他静静地望着窗外，仿佛在听着音乐又仿佛没有在听。有一次他对我说："我喜欢这个时刻。"

　　樊响个子不高，皮肤白皙，稍瘦，更突出了两只大大的眼睛，脸上挂着会随时消失的微笑——一旦想到什么马上就十分专注。他祖籍山东阳谷县碧桃园村，与武松打虎的景阳冈相邻，却有着更多南方人的秀气，透出一股文艺青年的范儿。正如安藤忠雄所说：他把更多的时间留给了一个人的时刻。对于这种生活习惯，樊响说自己打小就自卑而倔强，有一种把自己隐藏起来的倾向。现在樊响说起自己则是：温和而倔强。倔强没变，却已经走出了自卑。自卑到温和，正是一种不断走强的质的变化。

　　我长樊响二十多岁，真正的忘年交。很庆幸，有了这么一个"书"趣相投的年轻朋友。在樊响那里经常看到特别喜欢的书，就请他代为购买一些。半年时间，陆续收到三十多部书。这些书都有出色的装帧设计。为我买书他会不经意地把自己放进去，看起来门类繁杂，但会勾勒出一个人的精神境界与文化素养。就像一个人的书房，不仅仅是一个物理空间，更是一个精神空间，寄托着主人的心灵。

　　樊响非常认可"书籍设计师"这个身份："感恩上天的眷顾，让我爱上了书籍设计这份工作，一辈子只做书也够了。"蒙田说："人生活在这个世上，造物主早就塑造了他的角色，而且会分给他能力范围内的事情去完成。"原来我觉得这句话有些宿命论了，现在看倒是符合樊响。

　　带樊响走进电影世界的叫王顷，美院教师，也是一个特立独行的艺术家，对樊响的图像观看和图像转化逻辑的认知等诸多方面有很大帮助。他时常拿着各类书籍，与樊响掰开揉碎般地聊起编辑、设计、开本、手感……他说过一句有些费解却让樊响记忆深刻的话："封面设计别那么容易恰当。"

　　安德烈·塔可夫斯基导演的电影《镜子》有这样一个片段：一望无

尽的绿色原野，母亲凝望远处；镜头拉近，儿时的老房子，火焰、被火光晕染的鹅黄色的房间；镜头拉回现实，零零散散的争吵、哀怨。生命的意义就是如此这般，流淌在时间与记忆的长河中。

樊响发现，"电影叙事很像书，都是在一个时间长度中展开，书的翻看就像电影镜头的转换，蒙太奇具有非常强的结构能力，画面的不同组合可以产生不同的意义，书籍也可以这样。"这是樊响为内蒙古摄影家阿音摄影集《-40℃》做的设计：翻过扉页，冰雪覆盖连绵山包，马匹如蚁；镜头稍近，马群的直线队列伸向风雪弥漫的远方；镜头再次推远，马匹星星点点即将消失在天际线上，画面的转换给出一个辽远苍茫的序曲，一个草原叙事的背景，仿佛回旋着马头琴孤寂低吟的旋律。（《-40℃》获得2021年度"中国最美的书"。）

樊响平常喜欢用手机拍照片，很随意的那种。他说塔可夫斯基电影"那种迷幻的诗意，超现实的叙事，镜头中的暗喻，给我带来莫名的喜欢"。这应该对樊响的摄影有一些影响。他的镜头里大量光怪陆离的色彩，奇异诡谲的光影，给人一种无所适从的尖锐的陌生感。但是那种魔幻的迷离，优雅的灰度、淡淡的忧郁、愉快的绚丽，矛盾着迷茫着也让人喜爱着。或许他想让我们在对这些影像碎片的视觉搜索中，去触碰一个关于当下社会和个体生命的隐喻。

樊响不仅发现了书可以像一部电影，还发现了展览可以像一本书，不同的展墙犹如书页。2023年夏天，第十六届中国摄影金像奖纪实类作品展的展场设计交给了樊响，他根据九位摄影家不同的主题，将展墙分为九种色彩，展厅开头设计了与展墙色彩统一的色条作为篇首，上面放置作者头像，如书籍的"目录"，便于观者检索。在墙面布局上，像做书一样将每组作品进行了内容和视觉上的编辑，作品大小不一、错落叠放、疏密有致，形成了连贯的叙事性和节奏感。用电影的方式做书，用书的方式做展览，不知算不算樊响的一项发明。

这篇短文用"克制与隐藏"做标题，因为这是樊响谈到自己书籍设计时常用的关键词。面对一本书稿，设计师天马行空，灵感泉涌，很想充分地发挥出来，但是还要面对来自作者、内容、读者以及市场等诸多方面的制约，不得不按下欲望与冲动。对于这种心理纠结，樊响说："设计师不能炫技，要把自己隐藏起来。"他一方面把握分寸寻找平衡，一方面在欲望克制与自我隐藏中积极释放主动性。他喜欢明艳的色彩。《相与抽象》（李刚著）中，荧光橙色的中英文在封面暗调图片的右上角，呈直角布置，明艳不失沉稳，书的三面切口满涂荧光色，与文字结合形成框架之感，似有"冷抽象"意味，暗合摄影家的艺术风格。（《相与抽象》获得2020年度"中国最美的书"。）樊响说："每一本书我都在控制自己，每一本书也都在努力争取。"

出人意料的是，樊响还会成为多个"文化事件"的制造者。

事件一：发起"@二七·郑州 2015布艺设计邀请展"，组织青年设计师以郑州二七塔为主题进行布艺设计创作，并在二七塔内举办了展览，不仅成为郑州青年设计师的一次集体亮相，而且完成了一次革命历史主题与当代时尚观念相结合的艺术实验。

事件二：2023年，樊响提出并亲自操办"开卷——河南书籍设计展"。展出1960年至今的一千二百多册图书，形成了对新中国河南书籍出版史的一次整体性观看。书籍是樊响耗时数月，四处奔波，从出版社美编、书籍设计师和朋友那里一本一本地收集来的，关键是这些书籍的出版资料、历史价值、社会评价、存于何处等却是早就存之于心，是长期关注、研究、积累以及与书界广泛交往的结果，非樊响所能为。

事件三：樊响策展的"灿烂的你——中原少儿美术视觉艺术节"，把升达艺术馆的展室、走廊、大厅、楼梯整合起来，组成数千平米的立体空间，把数以万计的儿童绘画、雕塑、装置作品，用悬挂、铺陈、互动等形式，构造出一个万花筒般的艺术迷宫。开幕当天观众过万，一个月展期，观展人数达十六万人次，创造了艺术馆的新纪录。

名气大了，媒体找上门的事就多了，或约现场采访或请登台讲话。樊响哪适应这个，摇头叹息道："看来非要把我弄成一个爱炫耀的人啊！"露出一种人在江湖身不由己的无奈。

樊响的克制与隐藏，很大程度上是性格使然，但没给人很有城府的感觉，身上始终是那种单纯阳光的文艺青年范儿。虽然有时容易引起别人对他的误判，往往是"低"看了一眼，但樊响从不介意，淡淡一笑，甚至有些乐在其中。

对于樊响，我有一个强烈的感觉：未来可期。

　　最初，这本书计划是只选择写六十岁以上的人，不是有意怠慢青春年少或者年富力强，因为我心底的感觉，阅读是被岁月熬出来的老汤，检索过去大抵还不是年轻人的事。

　　后来，有了黄珂、樊响他们这些年轻人的参照，也就给予了我们另样的观察，阅读的方式已经不仅限于我们的书房和书桌，它更多的或许在琐屑的日子里，是在人的行走之间。

　　我们存在不同，恰好是因为这样的不同，阅读才有理由传续。我们又深刻地契合，因为书诠释着我们古老遥远的内心和宁静从容的诗意存在。

——齐岸青

黄珂：泥釉的水火

文｜齐岸青

黄　珂　｜　1978年生于河南禹州。艺术家。联合国教科文组织国际陶艺学会(IAC)会员。在河南陶瓷馆举办"回到内心"个人陶瓷艺术作品展。现供职于郑州市环境雕塑建设研究所。

　　我和黄珂交谈是坐在他用陶土烧制的茶台前进行的，编选这本书时，我才知道寻找写作者某种程度上比定夺受访者更为困难，愿意动笔的人越来越少，码字是个苦命差事。也许是黄珂内心之苟，他没有找到写他作业的人。

　　2019年，黄珂的工作室遭遇拆迁，拆除的限令非常急促而坚定，他突然发现艺术和个体原来很苍白，自己随之成为一个孱弱的城市落荒者。曾经有半年的时间，他发疯似的四处奔波，还想再搞起来一个工作室，但口袋里的散碎银两实在无法补给艺术所需的粮草，他索性不再把工作室放在心上，就在这朋友提供的几间小房里读书、喝茶，没有窑烧了，就和往日里一些自己烧过的器物作品相伴。

　　玩泥巴的时候少了，反倒静下来去触摸一些以往较少顾及的典籍文献，他忙着给我选他最近读的书籍，一套试图囊括儒释道经典文献的丛书，这些苦涩的书，我是很少去读，他说他有些入迷了。

　　黄珂交谈时的样子很安静，语速也慢，和他的年龄不符，但凡涉及艺术，你又能读出他的坚韧和激切来。茶余，他突然露出些许羞涩乃至有点怯生的微笑，说：我有一个奢望，想您能来写我，不知道能不能实现？他说话的那一刻，夕阳正好，无法言喻的红色从宽大的窗户涌进来，把我们两个包裹在斑驳的光影之中，这般金色的暖意给人莫名的感动，我怔了许久，说：我……看看时间……试试！

　　不是作态。第一次与他坐在一起，况且我实在缺乏对当下青年人阅读状态的了解。

　　黄珂出生在以烧造钧瓷而声名远播的禹州市。禹州也曾是战国七雄韩国的都城，当时叫阳翟。

　　少年时光，沉陷在满眼铜红釉土之中的黄珂，没有被陶瓷色相浸润感染，而是每每看着这种涂抹浓郁颜色却又与生活没有关系的器物，深感茫然，他自己说甚至于有些厌恶。他挣扎着试图让自己摆脱烧造的暗影，但脚下却似乎无法走出神垕的黏土，如今，他才蒙眬意识到那时候的自己，是用另外一种方式寻求瓷器在生活中的意义。

对于泥和釉来说，黄珂是它的水与火，相互黏结、涂抹、烧造，互为因果存在。

1996年黄珂考入景德镇陶瓷学院雕塑专业学习。求学期间，黄珂也没有改变他对陶瓷本身的偏见。毕业后，供职于郑州市环境雕塑建设研究所。但后来城市雕塑工程建设的公共属性，和他艺术创作的个体意识又产生矛盾，黄珂很难调和内心的纠结，他又选择了放逐自己。

很长时间，他让自己处于一个孤独状态，变成一个阅读者，一个游走者，一个为夫为父的生活者。

直到2012年，一次偶然的机会，他在朋友陶瓷工作室给自己制作了一块"砖"。他第一次在制作陶艺的过程中体验到了一种欣慰。制陶过程中的独立、自由与想法实现的完整性、简易性让他着迷。也就是这样的突如其来的行为，让他建立一个后来又被拆除的陶瓷工作室。在这里，选土、拉坯、装窑、着釉、烧制等等，他原本拒绝的东西，现在统统变成一发不可收的宣泄。

策展人郭景涵大致描述过黄珂的蜕变：他总是充满各种焦虑、孤独。他望着抑郁的天空，总感到有一种莫名的东西不断地刺痛着他的心脏，呼唤着他的灵魂。

偶然间把玩泥土时自由自在的体验和窑炉燃烧时心神不定的期待所带来的奇特感受，搅动了他的思绪，唤醒了几十年内心那片泥泞，三十多年来，他第一次爆发，而且一发不可收，"砖""山石""玉器""佛""柱式""城池"等等图式，驱散着焦虑的情怀，解开积郁的心结，他生命里的潜能有了新的超越和顿悟。

我是想许多人经年劳碌到最后依旧终止于劳碌，黄珂在天赋的意义上，算是幸运的宠儿。

黄珂以为"砖"是孤立渺小的，看起来无足轻重，但任何墙壁，乃至长城的所有意义就在于这些无意义的砖块组成。"砖"是抚平他个人内心焦躁的安静剂，也是他对生存文明内化认知的基石，他做了很多不同的"砖"。作品"山石"系列，来自远古的情怀，也是草根文化对文人精神的当下解读；"佛"系列，是黄珂陶艺作品无法绕过的母题，他借用考古遗迹的佛造像表达，以此转换成心灵的念想；"玉器"系列，是将古老的玉物扩展成现实社会的装饰物，犹如重器；"柱式"图腾，神似阳刚之气的写生之物，或阴柔曲线之所，这隐藏其中的秘密流露他对神祇的崇敬；"城池"系列，像是以上所有"作品"聚合之后的灵魂模型，成为内心圆满而身心独立的写照。黄珂用粗粝野性的匣钵泥和亦真亦幻的钧釉传递他的思想和情感，相由心生，慢慢欣赏这些无拘无束且令人神清气爽的大小器物，无疑能捕捉到黄珂的心灵气象。

2016年，河南博物院的陶瓷双年展给了黄珂展示自己的机会。这个由二十二个国家、四十八位艺术家组成的作品展，策展人为法国著名艺术评论家温蒂·格瑞斯，需要在深厚陶瓷传统技艺中找到一个崭新的对话和公共表达，她选择了有城市雕塑和陶艺烧制经历的黄珂。

黄珂的创作准备，除了补读关于现代艺术与后现代艺术的书，就是考察和交流。他为此咨询时任联合国教科文国际陶艺学会主席考夫曼先生："陶瓷作为一种历史悠久的传统材料，如何在当代艺术领域理解、使用？"考夫曼回答简单概括："就是利用自己对陶瓷这种材料的感受为基础，并且，这种感受有独特的视角与实现想法的方法。"

黄珂的感受直接指向神屋的裸烧技艺，标的物居然是当地工匠侯氏家庭作坊里用传统烧制的砂锅。他从砂锅制作过程中读出了材料粗粝的质感和极度富有摇滚乐的色彩，他神奇妙用，把这种材料粗粝、破裂形成的不完整视觉感与器物的廉价感，和中国最具礼仪色彩和温润和谐象征的玉器联系对比。砂器的廉价感与侯氏家族的人文关系中具有双重性和具象性，使得材料价值更具明确的现实隐喻。玉器作为中国文化最具信仰符号的物质存在，其精神价值表达更是毋庸置疑。两者构成绝妙的现代与传统的对话，想法建立了，剩下做的就是合适的尺寸与视觉形态上的一致。

最终，黄珂的由两千五百个粗糙、廉价的砂锅制成的"玉璧盘"，放置在河南博物院广场的中轴线上，成为当时双年展的热门话题。

黄珂给自己简历上标明的是独立艺术家，他用这样的方式注解自己的自由。其实他没有给自己设计一条成为社会传统艺术家的路径，他更多在意的是陶瓷这玩意儿在日常生活中的结果。

黄珂更多的作品都是专注在日常生活用品，他想给自己、给家、给朋友做中意的茶食器皿，就会随意上手，在直接手捏塑造器物时丰富了对泥土的认知，手下泥土的干湿、粗糙与细腻都变得具有生命弹性，成为生活的愉悦。这形态各异的器物慢慢充实了家里的橱柜、餐桌、茶桌。但是这些卖又舍不得、留又用不下的存在，往往又成为生活中的尴尬，丰腴饱满的艺术想象，和骨骼嶙峋的现实是很多艺术家普遍的问题。

传统工艺创作者的想象构思要和使用者形成共感才是真谛。

那时，上幼儿园的女儿时常闯进他的工作室。女儿在茶桌上拿围棋摆一些图案，茶桌便不是茶桌；把茶盘中的杯子清空，然后贴上她的贴画，茶盘不再是茶盘。这些具有功能的东西在她眼中都是可以拿捏的玩具，立场变了，语境变了，看待事物的方式也会转变。因为这些启示，黄珂设计了由钧瓷与金属结合而成的桌子、茶几、条案，拓展了钧瓷材料的重新利用空间，他用传统形态的仿古钧瓷，放置在"桌面"下意味着"放弃"，又把女儿的一些玩耍的行为产物放置在桌面上显示生活的"珍视"。

女儿的天真无疑消解了常识，这种儿童时代玩物的生动性无疑击中了传统认知堆砌的墙，不经意的、幼稚的独立精神构成了黄珂艺术追求中的另一个镜像。

黄珂是属于陶瓷的，但他本性中始终又是叛逆的，他们这代人不习惯别人灌注的东西，他们信奉的一定要在痛苦的自省和迷茫的摸索中自己寻找，有了这个救赎自己的过程，形成他的自觉之后，他才会拥抱生活。

谈及阅读，黄珂坦承自己的缺失，他说自己很愿意像《中庸》所说的去"博学之、审问之、慎思之、明辨之、笃行之"。总之，艺术本身就是自己的救赎，读书则是让自己回到内心。

我的感慨是，读了许多年的书，不同岁月和年代都有过不同的感受和概括，及至如今，其实什么都没有了，抵达目的地也不再重要，书只是你床头、脚头和便器边手台上的什物，想躲也躲不过的东西。

在和黄珂、樊响交谈时，我真切地体会，他们不可能再像我们那样阅读，我们习惯把自己待着的家和去处都堆满纸质的书，看与不看，姿态是有的。再配置些书画香茶之类，文人墨客的模样就齐备了。我的自嘲不是对自己的嫌弃，这也是我们生活真实的阅读状态，我乐意，我保持。我们的阅读是坐着的，年轻人的阅读是游走而前行的。

尾声

主编｜齐岸青

自汉代以来，中国人喜欢用"书香"形容读书或门第家世，典故出自古人为了避防虫蛀书籍，置芸草于书中，使书香气袭人而来。这叶为卵形、花色金黄、表带白霜的芸草，是公元前138年，由张骞出使西域时引入。《淮南子》所记，芸草可以死而复生，香火"书香门第"也许因此而源。

香氛的历史可以追溯到公元前四千年，古埃及神庙遗址里发现存有关于香氛的空间。香氛最初用于宗教和祭祀的场合熏香，先人视香物宛如神明，后来成为寻常物，和我们的身体、生活息息相关。这也很像书走过的路程。

阅读，是人内心的香氛，充满芬芳的诱惑，你的气味，你自己享乐。读书，我也一直认为是属于个人的事情，属于自己私密的状态，书房也多是个人生活的角落，很少由外人触碰它。书，构成干净的圣所，读，是你的一个表达。

郑州这个城市诞生了华夏之族最初的历史，也让我们触摸到最早的汉字，这形态深厚绵远得了得，所以，郑州的阅读，自然会显得很凝重，就像我们触碰到一部珍稀的善本，你要正襟、净手、端坐，然后小心翼翼地翻动，不可损坏了它已经发脆泛黄的纸页。

面对书，人的姿态应低至尘埃。

读书近乎于人的爱情，我珍惜我所珍惜！

所以你的心也应该是自由地、年轻地、大声地读出你的挚爱和自己期待的未来。

写作者简介

冯　杰

1964年生于河南长垣。作家、画家。著有《一个人的私家菜》《说食画》《北中原》《非尔雅》《鲤鱼拐弯儿》等多部作品。曾获台湾《联合报》文学奖、《中国时报》文学奖、梁实秋文学奖等多种奖项。现为河南省作协副主席、河南省文学院副院长。

安　琪

原名王安琪，1963年生于河南伊川。作家。发表（出版）长篇、中短篇小说二百余万字，曾获《北京文学》奖、《山东文学》奖、杜甫文学奖、河南省"五个一工程"奖。现为河南省作协副主席。

孔会侠

1972年生于河南临颍。兰州大学文学博士。文学评论家。出版专著《李佩甫评传》《悦与道》，随笔集《写意中原》。曾获河南省文学艺术优秀成果奖、河南省社会科学优秀成果奖。现为郑州师范学院副教授。

青　青

原名王晓平，1967年生于河南邓州。诗人、作家。著有《白露为霜——一个人的二十四节气》《落红记——萧红的青春往事》《访寺记》《空谷足音》《王屋山居手记》等多部作品。曾获孙犁散文奖、杜甫文学奖。

碎 碎

原名杨莉，1974年生于河南商城。作家。出版散文集《别让生活耗尽你的美好》《无限悲情，无限欢喜》。现为河南文艺出版社副社长。

许建平

1961年生于河南郑州。作家。出版小说集《永远的夏天》《雨人的夜晚》《生存课—许建平中短篇小说选》。

刘海燕

1966年生于河南太康。文学评论家。出版《理智之年的叙事》《如果爱，如果艺术》等多部作品。曾获河南省文学艺术优秀成果奖、杜甫文学奖。现为《中州大学学报》编审。

于茂世

1965年生于河南范县。大河报首席记者，首届河南省十佳新闻工作者。主笔《大河报·厚重河南》，著有《大哉嵩山》《千古之谜曹操高陵》等作品。

张体义

1966年生于河南淮阳。河南日报社资深文化记者，第二届河南省十佳新闻工作者。出版《曹操墓风云录》。

齐岸民

1961年生于河南郑州。文化学者，策展人。出版专著《嵩山古建》《新唐图》《黄河文明的出处》等多部。

胡 霞

1975年生于河南开封。高级编辑。从事河流文明与可持续发展、水文化传承与发展研究工作，主持并撰写围绕"黄河水文化遗产调查与保护"的专著《薪火传承》。

党 华

1972年生于陕西富平。出版长篇小说《我的青春有遗憾》《瓦全》《柿子树下》，纪实文学《尘尽光生》。现为河南文艺出版社编辑。

陈晓琦

1953年生于河南周口。从事摄影艺术研究，策展人。出版专著《摄影艺术特征论》，撰写《河南省志·摄影篇》。

拍摄手记

摄影师｜石战杰

石战杰，浙江传媒学院设计艺术学院副教授、硕士生导师。出版专著《中国浙江摄影家文献：石战杰》《建筑与环境摄影》《寻找故乡》《家族影像》等多部。

2023年5月，杭州的春天已经到了末梢。婴父先生告诉我，有本书《郑州阅读》要"百日"出版，问我能不能承担人物摄影，拍摄一些有名的文化读书人，我很高兴地答应了。书和阅读，是我的喜爱；郑州，是我的第二故乡，我与这个城市有着十四年的光阴交往，上学求知，结婚成家，我人生中许多重要节点的事件均发生在这座既年轻又古老的城市。

夏天，我就匆忙赶回郑州。

这次肖像创作，引入"情景肖像"概念对人进行视觉书写，根据《郑州阅读》的主题策划，拍摄人物有作家、画家、书法家、考古学家、企业家、出版人、媒体人、历史学者、设计师等，分属于不同领域行业。但他们都高度一致喜欢阅读，且热爱写作，都具有大量的阅读和写作经验。我称他们为"文化人"或"读书人"。苏东坡的"腹有诗书气自华"便成为此次创作的理念与追求。

拍摄是把被摄人物设定在与自身密切相关的专属环境中。除了对人物的形态、表情进行描绘与捕捉外，也对人物的专属环境做精细描绘，让画面中的景物信息符号参与到人物肖像的表达，从而把被摄人物诠释得更为具体，更为丰富，更加深刻。基于此，建议能够到被摄人物的家中书房、工作室等专属空间拍摄，力图让情景的空气也参与人物表达，似乎专属空间中的空气与人物也息息相关。

在创作中，为表现人物面部表情与景物关系，拍摄时利用室内空间分割，人物前景与背景的关系，各种光线特性，在光影变化与空间透视中让画面更具有空间深度感，并采用黑白高画质拍摄。

为《郑州阅读》拍摄人物肖像，其过程虽然辛苦奔波，但也给我很多感动。

孙广举老师是一位德高望重的评论家，以前曾在电视中看到他讲历史文化，初次和他见面，感觉温和可亲。他称呼我的名字特别亲切："战杰好"，我不禁感动，以致让我有点恍惚。因为他的声音与我父亲叫我竟极其相似，特有的河南腔调。我父亲去世已经两年，很久没有听到这种声音了……现在，我透过镜头凝视着他的面孔。时空交织，有幸相遇在《郑州阅读》肖像摄影中。

在拍摄过程中，每个读书人、写作人都慷慨地分享了自己的人生故事与读书写作。我在镜头中看到了他们既平凡又丰富的独特个性与内在气质，也感受到了他们丰富的人生阅历、情怀素养与气质魅力。这些着实感动并激励着我。我期待着这些不太完美的影像，能够为《郑州阅读》增加一些视觉文本和观看趣味，同时也为每一位老师留下一幅能够自我表征的精神符号。

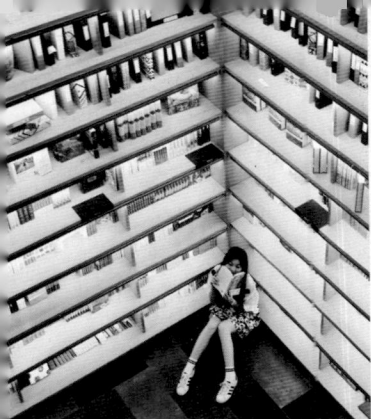

图书在版编目（CIP）数据

郑州阅读／齐岸青 主编. --郑州：河南文艺出版社，
2023.9
（"青铜绪事"系列）
ISBN 978-7-5559-1597-3

Ⅰ．①郑… Ⅱ．①齐… Ⅲ．①散文集－中国－当代
Ⅳ．①I267

中国国家版本馆CIP数据核字（2023）第142321号

郑州阅读

齐岸青 主编

特约策划：郑州嵩林书院

选题策划：陈　静

责任编辑：陈　静

特约编辑：李昕洁

统　筹：孔　楠　赵伊晴

责任校对：殷现堂

书籍设计：樊　响

美术编辑：刘婉君

出版发行：河南文艺出版社

本社地址：郑州市郑东新区祥盛街 27 号 C 座 5 楼

经　销：新华书店

承印单位：河南博雅彩印有限公司

开　本：787 毫米 ×1092 毫米 1/16

印　张：18

字　数：12.5 万字

版　次：2023 年 9 月第 1 版

印　次：2023 年 9 月第 1 次印刷

定　价：88.00 元